Jón Kalman Stefánsson

Verschiedenes über Riesenkiefern und die Zeit

Jón Kalman Stefánsson

Verschiedenes über Riesenkiefern und die Zeit

Roman

Aus dem Isländischen
übersetzt
von Karl-Ludwig Wetzig

Philipp Reclam jun. Stuttgart

Die Arbeit an dieser Übersetzung wurde vom Fund for the Promotion of Icelandic Literature, Reykjavík, gefördert und mit einem Stipendium des Deutschen Übersetzerfonds unterstützt.

Titel der isländischen Originalausgabe:
Ýmislegt um risafurur og tímann.
Reykjavík, Bjartur, 2001.

RECLAM TASCHENBUCH Nr. 20164

Reihengestaltung: büroecco!, Augsburg
Umschlaggestaltung: Eva Knoll, Stuttgart, unter Verwendung eines Fotos: *In Norwegen* © corbis
Autorenfoto: © Einar Falur Ingolfsson, Morgumbladid
Gesamtherstellung: Reclam, Ditzingen
Printed in Germany 2008

ISBN 978-3-15-020164-0

www.reclam.de

… dann hörten wir Karl Anton rufen: »Hier ist seine Spur!«
»Die ist von einer Kuh«, sagte ich.
»Nein, das ist der Strauß«, sagte er.
Dann folgten wir der Straußenfährte über die Anhöhe.

Martin A. Hansen, *Der Strauß*

Teil I

Oder eine Art Vorwort, die Angaben näherer Umstände und unumgängliche Abschweifungen

Der Anfang

Ich bin irgendwo zwischen Himmel und Meer, über den Bergen, unter den Sternen.

Ich lande in Schwierigkeiten und es ist heiß

Nachdem Stiefmutter meine Tasche gepackt hat, sagt sie: »Du solltest dir vom Ausland keine übertriebenen Vorstellungen machen.«

Stiefmutter ist auf einer abgelegenen Halbinsel ganz im Norden Islands großgeworden. Die Zeit ist dort irgendwann im achtzehnten oder neunzehnten Jahrhundert stehen geblieben. Ich bin öfter mal dort gewesen. Jetzt aber sitze ich in diesem Flugzeug, das mit einem Plumps auf schwarzem Asphalt landet, und ich begegne meinem ersten Norweger, von meiner Großmutter einmal abgesehen. Er steht am Fuß der Treppe, die an die Maschine gerollt wird, neben ihm wartet ein kleines, kastenförmiges Auto. Er trägt eine kurze Hose. Ich habe noch nie einen Erwachsenen in kurzen Hosen gesehen.

Gerade noch flog ich auf halber Höhe zwischen Himmel und Meer, über den Bergen, unter den Sternen. Jetzt schreite ich die Stufen hinab. Es ist heiß, die Luft so dick, dass man sie schneiden könnte. Der Mann bedeutet mir, in das Auto zu steigen. Er fährt los und fängt an zu reden. Ich sehe mich um: riesengroße Flugzeuge so weit das Auge reicht, unglaublich große, manche so groß wie der Block, in dem ich wohne. Heulende Riesenvögel am Boden, unsichtbare Punkte am Himmel. Plötzlich hält der Mann an – sehr plötzlich – und fährt mit seinen dicken Fingern in meine Taschen. Sein Gesicht ist knallrot.

Ich bin ein bisschen erschrocken. Aus der Brusttasche meines Hemds zieht der Mann ein kleines Heft. Es ist genau das, von dem mein Vater mir eingeschärft hat, ich solle gut darauf aufpassen, ohne es wäre ich übel dran. Deshalb reiße ich dem Mann das Heft wieder aus der Hand. Er scheint nun seinerseits überrascht. Dann läuft er noch dunkler an – so rot, dass sein Kopf bald platzen muss und dann habe ich ein Problem. Er greift wieder nach dem Heft. Jetzt wäre es gut, ein Messer zu haben wie Tarzan oder Flinker Hirsch, aber wenigstens habe ich gute Zähne und beiße ihm fest in den linken Arm. Er schafft es trotzdem, mir das Heft zu entreißen, redet aber nicht mehr mit mir. Ein paar Stunden später besteige ich ein anderes Flugzeug. Noch einmal schwinge ich mich in den blauen Himmel, hoch über alle Vögel.

Von der Stadt Stavanger

Hafenstadt auf dem 59. Breitengrad, nicht weit vom Bocksfjord. Zirka 100 000 Einwohner. Berühmte Kirche aus dem 13. Jahrhundert, deren ältere Teile romanisch, deren jüngere im gotischen Stil ausgeführt sind. Früher war

Stavanger eine bedeutende Stadt der Seefahrt und des Heringsfangs, doch mit der Ablösung der Segelschiffe durch Dampfer erlebte der Schiffbau in Stavanger seinen Niedergang. Zeitweilig war die Konservenindustrie größter Arbeitgeber, dann wurde Stavanger zum Zentrum der norwegischen Ölindustrie. In der Stadt gibt es einen hübschen kleinen Weiher. Ich glaube, der Dichter Alexander Kielland stammte aus Stavanger. Ich besitze ein Buch von ihm. Der isländische Dichter Stefán frá Hvítadal lebte gut zwei Jahre dort und fror oft in seiner schäbigen Dachmansarde bei Tischler Böe in der Ryfylkegate 5, nicht weit von *Stavanger Støperi og Dok*.

Ich rechne mit dem Schlimmsten

Ich hebe vom heißen Asphalt des Osloer Flughafens ab und verschwinde im blauen Himmel. Als Nächstes kommt der Flughafen von Stavanger und da sind viel zu viele Menschen. Ein furchtbares Gedränge und kein einziges bekanntes Gesicht. Ich hätte im Leben nicht gedacht, dass es so viele Menschen gibt und keiner von ihnen nimmt meine Anwesenheit zur Kenntnis. Ich spüre eine beklemmende Angst. Sie äußert sich in einem dumpfen, nach und nach anschwellenden Ton, der lauter ist als alles andere. Ich rechne mit dem Schlimmsten. Im letzten Moment, und es ist wirklich der allerletzte, entdecke ich meinen Großvater in der Menge und sein stilles Lächeln ändert das Gesicht der Welt.

Zehn Jahre später passiere ich diesen Flughafen zum zweiten Mal, doch da ist er beträchtlich kleiner und kein Großvater gibt der Menschenmenge mit seinem Lächeln Inhalt und Bedeutung. Da bin ich vollkommen allein auf dem Weg zu einer Insel, auf der ich in einer Aluminiumfabrik arbeiten will. Ich arbeite mit zwei anderen zusammen. Der eine ein schweigsamer Norweger mittleren Alters, der ständig Eistee trinkt. Seine Haut erinnert mich an gegerbtes Leder und es liegt etwas Dunkles um seine Augen. Keine Ahnung, woher oder was es ist. Der andere ist ein ziemlich fetter Amerikaner, der seit zwanzig Jahren nicht mehr die Klappe gehalten hat. Er hat in Vietnam gekämpft und zeigt mir regelmäßig die Narbe einer Schussverletzung, bei der die Kugel durch seine linke Körperseite gegangen ist. Früher ist er mit seinen Kumpels auf den endlosen Highways in den Staaten unterwegs gewesen, in einem großen schaukelnden Straßenkreuzer, eine Kühlbox voller Budweiser zwischen den Vordersitzen, Rockmusik aus den Lautsprechern und eine Straße vor dem Kühler, die nie zu enden schien. Schließlich endete sie in einer norwegischen Aluminiumhütte.

Entschuldigung!

Aluminiumhütte, Eistee, ein Highway in den Vereinigten Staaten, der in einer norwegischen Fabrik endet – das sind doch alles bloß Abschweifungen von der eigentlichen Geschichte. In ihr bin ich keine zwanzig, sondern erst zehn und noch fern aller Schriftstellerei. Ich bitte um Entschuldigung und betone noch einmal, ich bin gerade zehn Jahre alt und das Lächeln meines Großvaters schwebt wie der Himmel über allem. Dann kniet meine Großmutter vor mir und meine Sinne füllen sich mit dem süßlich schweren Duft von Kaffee, Tabak und Leben.

Großmutter: Die Norwegerin, die kurz nach dem Krieg nach Island kam und Großvater heiratete, lange bevor ich Licht und Schatten dieser Welt erblickte

Sie wuchs in einem engen Fjord auf. Der Hof lag so weit oben am Hang, dass die steile Hauswiese im Sommer einem grünen Wasserfall glich. Die Bäuerin war für ihre wohltätige Ader bekannt, sie unterstützte die Armen und half deren Kindern, damit sie zur Schule gehen konnten. Im eigenen Haushalt aber war diese warmherzige Frau kalt wie Eis. Ihr Mann war ein Waschlappen und kuschte vor ihr. Großmutter landete auf den krummen Wegen des Schicksals als Waise in diesem Haus. Der nächste Hof lag fast eine Wegstunde entfernt, das nächste Dorf zwei. Nachdem Großmutter zwei Winter lang die Dorfschule besucht hatte, bestimmte ihre Pflegemutter, von nun an solle sie im Haushalt helfen, sie werde schon dafür sorgen, dass sie den Lernstoff nicht versäume. So vergingen Jahre. Der Hausherr arbeitete als Holzfäller in den Wäldern und war oft tagelang nicht zu Hause. Großmutter machte Feuerholz, versorgte die Kühe, die Hühner und die Schweine, putzte das Haus und kassierte Ohrfeigen. Von Schulunterricht war nie die Rede, doch einmal fragte sie danach.

»Dass du dich unterstehst, so undankbar zu sein, du freches Luder!«, rief die Frau darauf. »Ich lege mich krumm, um den Armen zu helfen, und wenn ich müde nach Hause komme, hängst du wie eine Zecke an mir, obwohl du doch mit allem versorgt bist. Immer legst du es darauf an, dass ich dich bestrafen muss, andauernd zwingst du mich dazu. Also komm und bring mir die Rute!«

Schließlich ist Großmutter ein großes Mädchen oder schon eine junge Frau geworden. An einem hellen Frühlingstag befinden sich die beiden allein im Haus. Fliegen summen an den Fenstern. Die Sonne brennt heiß zwischen den Bäumen. Großmutter ist im Untergeschoss mit ihrer Arbeit und Plackerei beschäftigt; eins höher liegt der Engel der Armen, die Frau mit den harten Händen und den kräftigen Schlägen. Ganz gegen ihre Gewohnheit kommt sie nicht nach unten, um Großmutter zu triezen. Stattdessen liegt sie im Bett und seufzt und stöhnt. Gegen Mittag fängt sie an, vor Schmerzen zu wimmern. Sie wimmert den ganzen Tag, sie jault auch noch, als Großmutter am Abend die Kühe melken geht, und ebenso, als sie wieder ins Haus kommt. Dann füllt das Dunkel der Nacht die Wälder, es dringt durch die Fenster herein und die Frau wimmert bis in den Morgen, bis ihr der Tod langsam das Leben aus dem Leib zieht.

»Tut es so weh zu sterben?«, fragt mich Großmutter viele Jahre später, als sie selbst alt geworden und verbraucht ist. »Bereitet es solche Schmerzen zu sterben?«, fragt sie und versucht wochenlang, sich mit starkem Kaffee und Zigaretten vom Einschlafen abzuhalten, weil sie felsenfest davon überzeugt ist, im Schlaf würde sie ein qualvoller Tod heimsuchen.

Aber all das, ein enger Fjord, ein schrecklicher Tod, eine Fliege am Fenster, all das ist an jenem Frühlingstag in unendlich weiter Ferne, als Großmutter im Flughafen von Stavanger vor mir kniet und sagt: »*Velkommen!*«

Es muss hier auch einmal betont werden,

dass in jenen Jahren höchstens Stewardessen und Politiker ins Ausland reisten und vielleicht noch Seeleute, aber da es in meiner Gegend weder Seeleute noch die See gab, dachte man meist nicht an sie.

Ich gehe ins Ausland, genieße hohes Ansehen, lerne aber auch, wie es ist, traurig zu sein

Dann sitze ich auf der Rückbank eines weißen Wolgas.

Ich befinde mich im Ausland.

Ich sehe unendlich viel, das niemand in meinem Block, ja, niemand im ganzen Viertel je mit eigenen Augen gesehen hat.

In den zurückliegenden Wintermonaten hat mich die bevorstehende Auslandsreise zum berühmtesten Kind des Stadtviertels gemacht. Ich war »der, der bald ins Ausland geht«. Neider versuchten das Abenteuer klein zu reden. Sie behaupteten, es gebe aufregendere Länder als Norwegen. Afrika führten sie ins Feld. Dort gebe es Elefanten. Oder Amerika. Da gebe es Indianer und Hamburger.

Einer nannte sogar Australien. Da ist die Welt zu Ende, stürzt in einen ungeheuren Abgrund und unten lacht sich der Teufel eins. Doch all dieses neidische Gerede hinter vorgehaltener Hand zeigte nur vorübergehend Wirkung und in den letzten Tagen vor meiner Abreise genoss ich höchstes Ansehen und uneingeschränkte Popularität. Das Einzige, was noch fehlte, war, dass Gunnhildur, die in meinem Treppenhaus auf der zweiten Etage gegenüber von dem alten Griesgram wohnt, mir ihre Liebe erklärt und gestanden hätte, dass ihr Leben ohne mich ein dunkler, kalter Stein wäre, der im bedrohlichen Schweigen des Weltalls schwebte. Die bevorstehende Reise änderte allerdings nichts an der unumstößlichen Tatsache, dass ich für mein Alter klein war und lockiges, flammend rotes Haar hatte und mehr Sommersprossen im Gesicht, als es Sterne am Himmel gab. Darum wurde meine Liebe nicht erwidert.

Doch selbst die traurige Erinnerung an Gunnhildurs blitzende Augen und ihre abweisende Haltung vermögen an jenem Tag nicht die helle Freude zu trüben, mit der ich auf der Rückbank des Wolgas sitze. Vor mir ragen Oma und Opa über den Sitzlehnen auf, er mit seinem Hut, einer Mischung aus Bogart- und Kirmeshütchen, und sie – ja, in dem Moment dreht sich Großmutter um, lächelt und sagt etwas, das ich seit langem vergessen habe. Ich sehe jeden ihrer Gesichtszüge vor mir, wie sie lächelt, jedes Lachfältchen, das Funkeln in ihren Augen, das ungewöhnlich große Ohrläppchen an ihrem linken Ohr. Ich schließe die Augen und sehe alles wieder vor mir, ganz klar und deutlich. Die Sitze im Wolga, die Windschutzscheibe mit den gekrümmten Scheibenwischern, die verbogenen Armen gleichen, die Bäume am Straßenrand, den dunklen Asphalt – das alles sehe ich, aber Großmutters Worte hat die Zeit verwittern lassen. Es ist ein Bild ohne Worte.

Die Wand aus Eis

Vielleicht gibt es jemanden da oben, der alles in seiner Hand hat, das Schicksal, die Zeit, das Leben, den Tod. Vielleicht gibt es Türen, die sich in eine neue Welt öffnen, vielleicht ist Gott doch mehr als gute Literatur und das Leben nicht nur an den Herzschlag gebunden: ein letzter Atemzug und dann die große Leere. Ich fragte Großmutter einmal nach einem Leben nach dem Tod, ob sie daran glaube. »Pah«, sagte sie, »ich kümmere mich nicht um *denslags* Dinge.« Und später stehe ich an ihrem Sarg.

Das ist an einem Februartag. So grimmiger Frost, dass der Himmel knarrt. Ich bin fast vierzig, aber in meiner Erinnerung, auf der Rückbank eines Wolgas, bin ich erst zehn. Großmutter dreht sich gerade um und sagt etwas. Ein großes Gesicht mit kräftigen Zügen, helle Augen, warm, doch mit einem stählernen Blitzen darin. Knapp dreißig Jahre später also liegt sie in diesem Sarg, das Gesicht so stark geschminkt, dass jeglicher Ausdruck daraus verschwunden ist, es ist nur noch ein glattes Gesicht, kein Leiden, keine Freude, nichts als ein vages Altern. Als ob man vor dem Nichts stünde. In einer seltsamen Anwandlung strecke ich die Hand aus und berühre ihre Stirn. Sie ist eiskalt. Eine gnadenlose, unbarmherzige Kälte. Eine Wand aus Eis, an der sämtliche Worte abprallen, jeglicher Glaube, jede Hoffnung.

Ist denn alles vergänglich, bis auf die Zeit?

Als ich zehn Jahre alt bin, ja genau in dem Moment, als ich mich in nigelnagelneuen Anziehsachen auf der Rückbank des Wolgas auf dem Weg zum Haus von Oma und Opa in einem Vorort von Stavanger befinde – es ist später Nachmittag an einem Frühlingstag und die Sonne steht noch gleißend am Himmel –, da ist die Welt voller Wunder und die Zeit hat noch keinen Namen. Später lege ich mir unglücklicherweise das eine oder andere überflüssige Wissen zu, darunter auch über die Zeit. Ich komme dahinter, dass die Zeit womöglich alles verschlingt, alles Leben, Großväter und Großmütter, Könige und Bettelleute, sogar Kinder. Die Sonne wird sich aufblähen, dann in sich zusammenstürzen und zu einem Brocken auskühlen, der in einem viel zu großen, viel zu dunklen und kalten Universum schwebt, in dem alles gestorben ist bis auf die Zeit. Aber da sitze ich, rothaarig und gerade mal zehn Jahre alt, Großmutter lächelt mir vom Beifahrersitz zu und Großvater blickt unter seinem Hut nach vorn. In dem Moment existiert die Zeit eigentlich noch nicht, es gibt bloß die Kindheit, in der alles Mögliche passieren kann oder tatsächlich alles Mögliche passiert.

Großvater in einem Hafen Brasiliens oder im Pullover unter einem bedeckten Sommerhimmel

Wir nähern uns einem Einfamilienhaus in einem Vorort von Stavanger und alles ist, wie es sein soll – bis auf meine Reisetasche. Anstatt im Kofferraum des Wolgas befindet sie sich nämlich mit ihren viel zu vielen Schlechtwetterkleidern in einem Flugzeug auf dem Flug nach Bergen.

Am Vormittag hat Großvater die Anstreicherrolle beiseite gelegt und eine kostbare halbe Stunde darauf verwandt, den Kofferraum aufzuräumen. Großvater geht pfleglich mit seinem Auto um. Er wäscht und poliert und staubsaugt es jede Woche oder wenigstens zweimal im Monat und ich kann mich nicht erinnern, jemals auch nur ein Stäubchen darin gesehen zu haben, geschweige denn einen Papierschnipsel oder eine leere Plastikflasche. Der Wagen wirkt stets wie aus dem Ei gepellt. Der Motor ist immer gut geschmiert, die Wischerblätter sind nie ausgefranst, sämtliche Scheinwerfer perfekt ausgerichtet, nie knarrt eine Tür, niemals kreischt der Keilriemen. Mit dem Kofferraum aber verhält es sich anders. Die Unordnung darin steht in vollkommenem Gegensatz zu allem, was meinen Großvater sonst auszeichnet. Mir kommt der Gedanke, sie könnte vielleicht eine Seite an ihm offenbaren, die verschiedene Umstände in seinem Leben, zum Beispiel meine Großmutter, sonst unterdrückten. Wenn er den Kofferraumdeckel öffnet und ihm das Chaos darin entgegenschlägt, würde er wieder zu dem Kerl, der auf alles pfeift, der sich spontan, einfach so, an Bord eines Frachtschiffs begeben und einen Monat später in einem Hafen Brasiliens landen könnte. Bestimmt sturzbesoffen. Ein Kerl, der sich von Ort zu Ort treiben lässt, arbeitet, wenn es ihm gefällt, der in der einen Nacht in irgendeiner Scheune schläft, in der nächsten in einem Bett, der unter einem bedeckten Sommerhimmel mit fremden Frauen tanzt, sie im Mondenschein spazieren führt, und sein Pullover duftet nach Wald und wilden Gegenden. Aber sobald er den Kofferraumdeckel schließt, wird Großvater wieder zu dem verlässlichen und umsichtigen Malermeister, zu dem ordentlichen Ehemann, der alles in festen Bahnen wissen möchte, der Sicherheit in finanziellen Dingen will und eine bodenständige und resolute Ehefrau.

So viel dazu. Die Tasche aber kommt nicht, fliegt einsam ihrer Wege nach Bergen. Sicher eine Racheaktion des Mannes auf dem Flughafen in Oslo, der einen aufreibenden Arbeitstag mit einem deutlichen Bissabdruck auf dem linken Arm beendet.

Meine Schwester

Es ist ein warmer Nachmittag und meine Schwester nimmt ein Sonnenbad. Sie trägt einen roten Schlüpfer, einen roten Büstenhalter und eine rote Sonnenbrille.

»Da ist deine *søster*«, sagt Großmutter.

Ich klettere aus dem Wagen und gehe auf meine Schwester zu. Sie rührt sich nicht. Es ist vier Jahre her, seit wir uns zuletzt gesehen haben. Damals hat sie noch mit mir gespielt, jetzt ist sie viel zu groß dazu. Kräftige Schenkel, lange Arme. Sie scheint Busen und alles zu haben.

»Willst du deinen Bruder nicht begrüßen?«, fragt Großvater hinter mir wie aus weiter Ferne. Die Frau auf der Liege lüftet die Sonnenbrille, ein Auge wird sichtbar.

»Hi, Bruderherz!«, sagt sie. Dann sinkt die Sonnenbrille wieder herab.

Ich gehe ins Haus.

In diesen Jahren ist mir klar geworden, dass niemandem die glückliche Gabe verliehen ist, sein ganzes Leben lang Kind zu bleiben. Man wird älter, hört auf Kind zu sein, wird zu groß, zu ernst. Manchmal habe ich den Verdacht, Erwachsene sind gestorbene Kinder. Wenn es so ist, dann ist auch meine Schwester gestorben und eine Frau ist an ihre Stelle getreten, eine blöde Kuh in roter Unterwäsche.

»Darf sie einfach in der Unterhose draußen rumliegen?«, frage ich meine Großmutter. Sie hält mir entgegen, das Ding heiße Bikini. Ich sage nichts dazu. Ich finde es traurig, dass Großmutter die Dinge nicht bei ihrem richtigen Namen nennt, es ist traurig und sieht ihr gar nicht ähnlich. Ich gehe ums Haus herum und etwas sitzt auf meiner Schulter und flüstert mir Dunkles ein. Ich fühle mich von toten Kindern umringt.

Während ich mit Düsternis in den Adern durch Omas und Opas Haus streune und darauf warte, wieder froh zu werden, gibt es die Möglichkeit, Verschiedenes zu erklären

Die Frau, die auf der Liege im Garten liegt und sich die Sonne auf den jugendlichen Leib brennen lässt, ist meine Halbschwester.

Bald nachdem sich das Dunkel in meinen Adern gelichtet hat und die Helligkeit zurückgekehrt ist, geht mir auf, dass sie weder Kind noch Erwachsene ist, ja, sie ist überhaupt weder noch, meine Schwester, oder, um genau zu bleiben, meine Halbschwester. Ich weiß nicht, wer ihr Vater ist, er ist bloß ein Schemen im Menschenmeer, vielleicht ein Nebelschleier: Eine Nacht mit meiner Mutter und dann verschwunden. Eine Nacht aus Fleisch und Blut, dann nur noch Erinnerung. Oder wie es im Tagebuch meiner Mutter stehen könnte:

> *Ich erblickte ihn zwischen den anderen Menschen, mein Verlangen erwachte, ich bekam ihn, und jetzt ist er weg. Das schreibe ich am Tag danach, da ich ihn noch in meinen Armen spüren kann, in meinem Schoß. Später, viel später wird er einmal ein Nebelschleier in meinem Gedächtnis sein.*

Aus dieser fleischlichen Begier – ich würde Geilheit sagen, wenn es sich nicht um meine Mutter handelte – ging meine Schwester hervor. Meine Halbschwester. Mein Vater dagegen füllte nicht nur eine einzige leidenschaftliche Nacht im Leben meiner Mutter aus, sondern viele Tage und

Nächte, ganze Jahre. Sie kochte ihm Fisch und Kartoffeln. Dann starb sie.

Meine Schwester war erst ein paar Wochen alt, als die Großeltern sie zu sich nahmen. Ich mag dafür keine langen Erklärungen abgeben, die Gründe sind eigentlich ganz banal; es gab kein Drama, keinen Aufstand, Selbstmordversuche oder Alkohol. Es fügte sich einfach so. Meine Mutter ging zur See, als Köchin auf einem Heringsfänger. »Rapp, zapp, du bist doch noch jung«, meinte Großvater. »Wir kümmern uns um die Kleine.« So war das. Es sollte nur noch erwähnt werden, dass auch unsere Großmutter, die meine Schwester Mutter nennt, nicht unsere echte Großmutter im Sinne blutsmäßiger Verwandtschaft ist. Nein, denn viele Jahre, bevor ich geboren wurde, war auch Großvater zur See gefahren.

Wie heißt es in einem bekannten Lied? *Von der See umrauscht, befuhr er die Wogen.* Jung, stark, mit blitzenden Augen und zu Hause wartete seine Ehefrau auf ihn (meine leibliche Großmutter). Sie war so schön, dass es Großvater manchmal einen Stich ins Herz gab, sie anzusehen. Die schwarze Locke, die ihr in die Stirn fiel, war zuweilen mehr, als er ertragen konnte. Einmal sagte er zu ihr: »Du bist so schön, dass ich heulen könnte.«

Das war das erste und einzige Mal, dass er versuchte, ihre Schönheit in Worte zu fassen. Wie soll man aber auch in Worte fassen, dachte Großvater, was einen zugleich stark und wehrlos macht, verrückt und über alle Maßen ängstlich. Manchmal ist sie hinreißend und manchmal ist sie schrecklich wie die bleierne See, wenn gerade ein Mann über Bord gegangen und ertrunken ist. Es waren die Jahre, in denen Großvater seinen Bruder beneidete, denn dieser Bruder war ein Dichter und konnte schlichtweg für alles Worte finden, für den Wechsel der Farben auf dem Gras, für die Risse im Himmel, für die beklemmende Angst in der Brust. »Zur Hölle, zum rabenschwarzen Teufel!«, murmelte Großvater in seinem Unvermögen. »In zehn Jahren«, versprach er Großmutter, »werden wir unser eigenes Haus haben. Du kannst darin von einem Zimmer ins andere laufen und jede Stunde ein neues Kleid anziehen. Ich kaufe dir ein Klavier und abends gehen wir aus. Ich in Hut und feinem Zwirn, aber niemand achtet darauf, denn alle sehen nur dich und ich wage mir nicht auszudenken, was aus der Welt wird, wenn unsere Töchter einmal genauso schön werden wie du.«

Dann ging Großvater auf Fahrt und sie wartete mit ihren beiden Töchtern an Land, die eine ein gutes Jahr, die andere gerade drei Monate alt. Ja, die beiden Mädchen, auch sie kamen einfach so. Nicht, dass die Eltern es besonders darauf angelegt hätten. Doch Mann und Frau liegen zusammen im gleichen Bett und es passierte, was eben so passiert. Das ältere Mädchen wurde nachts häufig wach, die Kleine brüllte, und der permanente Schlafmangel und der triste Alltag legten sich wie ein grauer Schleier auf die weiche Haut meiner siebzehnjährigen Großmutter. Großvater kam wettergebräunt nach Hause, er war siebenundzwanzig, verrückt vor Glück, außer sich vor Verlangen. Dann fuhr er wieder zur See. Sie blieb zurück mit den Mädchen, der Schlaflosigkeit, dem Abwasch, der Wäsche und in ihren Gedanken sanken die Abenteuer wie scheiternde Schiffe auf dem endlosen Meer.

Eines Tages war es so weit.

Niemand weiß, warum und woher, jedenfalls nicht genau. Vielleicht wachte sie eines Morgens auf und konnte sich diesen Grauschleier nicht mehr von der Haut reiben. Vielleicht dachte sie, diese junge Mutter mit zwei Kindern sei doch nicht sie, vielleicht dachte sie: Kinder bekommen, Wäsche waschen und mit den Nachbarinnen schwatzen kann jede Frau, mir aber ist noch etwas anderes bestimmt im Leben. Schließlich hat mal jemand zu mir gesagt: »Du bist meine Sonne, du bist ein Traum!« Draußen auf der Straße drehen sich die Männer um und sehen mir nach. Aber das hier, das ist doch kein Leben! Ein Kellerloch, kreischende Kinder und ein Kerl, der zur See fährt. Das ist kein Vergnügen, das macht keinen Spaß.

Und Großvater?

Na ja, vom Meer umrauscht, befuhr er die Wogen. Und Großmutter saß zu Hause, Mutter von zwei Kindern. Und eines Tages, als er sich steif aus der zerwühlten Koje seines Schiffs zwängte, das unter einem düsteren Winterhimmel auf seinem Kurs über ein tintendunkles, aufgewühltes Meer stampfte, da verschwand die bildschöne Frau aus seinem Leben. Sie trat aus der Kellerwohnung hinaus auf die Sólvallagata, ging die Straße entlang bis ans Ende und verschwand. Weg von Großvater und weg von ihren Töchtern. Ging die Sólvallagata entlang und löste sich in Luft auf.

Viele Stunden später hatte eine Nachbarin endgültig die Nase voll von dem Kindergeheul. Durch ein Fenster in der Waschküche stieg sie in den Keller ein. (Ich habe mir die näheren Umstände vor ein paar Wochen angesehen. Das betreffende Fenster ist vielleicht sechzig mal vierzig. Die ehemalige Nachbarin, inzwischen älter geworden, damals aber noch blutjung, zeigte mir ein Foto, das am Tag nach dem Vorfall aufgenommen worden war. Sie war auch damals schon recht üppig gebaut und es ist mir unbegreiflich, wie sie durch das enge Kellerfenster gekommen ist.) Drinnen fand sie die beiden Geschwisterchen, völlig verweint und pitschnass. Die Ältere in einem Gitterbett, die Kleine auf einer Decke auf dem Küchenfußboden. Eine zur Hälfte gegessene Scheibe Brot neben der Kaffeetasse auf dem Küchentisch und eine mit Milch gefüllte Nuckelflasche, auf die der Sauger noch nicht aufgeschraubt war, bewiesen, dass Großmutter völlig unvermittelt ihre Rolle als Ehefrau und Mutter aufgegeben hatte. Einen Tag später, genau zu dem Zeitpunkt, als sich die Nachbarin mit meiner Mutter und meiner Tante ablichten ließ, kam mein Vater nach Hause. In schwankendem Seemannsgang kam er die Sólvallagata herauf. Hinter ihm eine einträgliche Fangfahrt, vor ihm eingestürzte Neubauten.

Eiskalte Weltuntergangsstimmung im Oktober, sowjetische Panzer und ein ungarischer Liebhaber

Die ältere der beiden Töchter, die, die nachts häufig aufwachte, war meine Mutter. Gut dreißig Jahre nachdem Großmutter aus dem Kellerloch stieg, sank der Sarg meiner Mutter in sein dunkles Grab. Es war an einem Oktobertag. Ihre Schwester, meine Tante, bewarf etwa um die gleiche Zeit in den Straßen Prags sowjetische Panzer mit Pflastersteinen. Sie war damals mit einem Ungarn zusammen, einem Cellisten, dessen Instrument bloß zwei Saiten besaß, die beiden Schwestern Enttäuschung und Trauer. Später verlor sie den Cellisten in der Umarmung einer anderen Frau oder eines europäischen Flusses. Ich erinnere mich nicht mehr genau. Aber all das, Pflastersteine und sowjetische Panzer, ein Cellist und ein Fluss in Europa, ein eiskalter Oktobertag, an dem Gott in unendliche Ferne rückte, all das lag noch unsichtbar in der Zukunft, als meine leibliche Großmutter die Sólvallagata entlangging und verschwand.

Erst das Glück. Dann die Furcht

Manches auf dieser Welt liegt hinter dem Schleier des Unerreichbaren und trägt den Geschmack von Abenteuer. So ist es zum Beispiel mit m-&-m's-Schokolinsen.

In Söbekks gesamtem Kiosk kann nichts den Vergleich mit ihnen aufnehmen. Ein Schokoriegel von Síríus? Prince Polo? Als würde man Glühbirnen mit der Sonne vergleichen! Doch m & m's sind etwas absolut Rares. Es gibt sie nur im Duty-free-Shop oder im Ausland und sie sind wie Glück, das man lutschen kann. Wer einen Beutel von ihnen in Händen hält, hat das Glück in Tüten gekauft. Höher hinauf kann man kaum noch steigen, der absolute Gipfel ist erreicht. Ich stehe im Zimmer eines Einfamilienhauses in Stavanger und halte sogar zwei Tüten m & m's in den Händen. Eine von ihnen reiße ich auf und schütte mir den Inhalt in den Mund. Die traurigen Gedanken über meine Schwester sind vergessen, ausgelöscht. Das einzige Unglück besteht darin, Gunnhildur nicht an meiner Seite zu haben. Ich hätte ihr die andere Tüte geschenkt. Seite an Seite würden wir auf dem Gipfel stehen, hoch über allem und dem Himmel so nah, dass ich bei Einbruch der Dunkelheit nur die Hand auszustrecken bräuchte und ihr langes Haar mit Sternen schmücken könnte.

Ich komme auf die Idee, die zweite Tüte im Schrank aufzuheben. Wenn es nach unzähligen sonnenheißen Sommertagen endlich Herbst wird, nehme ich die Tüte mit nach Hause. Gunnhildur erwartet mich am Flughafen, ich überreiche ihr die Tüte, nehme sie in meine starken Arme und dann passiert etwas Außerordentliches. Ich öffne den Schrank. Ich schließe ihn sofort wieder. Auf seinem Boden hockt die größte Spinne, die ich in meinem Leben gesehen habe. Die größte Spinne der Welt. Grauenhaft, dass sie ausgerechnet in diesem Schrank hocken muss! So gemein ist die Welt. Im einen Augenblick ist man noch der glücklichste Mensch auf Erden, hält das Himmelreich in zwei Tüten in der Hand, die Zukunft strahlt, mit Gunnhildur und allem, dann öffnet man eine Schranktür und blickt einer Riesenspinne ins Auge – und Tarzan und Flinker Hirsch sind ausgerechnet jetzt endlos weit weg, ein bodenloser Ozean trennt sie von mir. Da kommt Großmutter herein, sie bringt einige Anziehsachen für mich, Hose, Hemd, Pullover. Sie sagt etwas, öffnet den Schrank und legt die Sachen hinein. Die Spinne krabbelt heraus. Großmutter schließt den Schrank. Als die Spinne über den Fußboden läuft, ist sie so klein, dass selbst ein Kleinkind sie mit dem Fuß zertreten könnte. Aber das ist nur eine arglistige Täuschung.

Sie schießt unters Bett und ich weiß Bescheid: In der Nacht, in der nächsten oder übernächsten, wird sie mich zu sich herabziehen und ich muss für den Rest meines Lebens bei ihr in der Dunkelheit schmachten. Ich bin erst zehn, rothaarig und eher klein für mein Alter. Kein böser Junge, aber so sieht meine Zukunft aus: Ich hocke zusammengekauert in der Dunkelheit und gleich neben mir lauert eine riesengroße schwarze Spinne mit einem hellen aufgeblähten Leib.

Tarzan und Flinker Hirsch. Eine Erläuterung

Wir sind Freunde. Haben vieles zusammen durchgestanden. Nichts vermag uns auseinander zu bringen, kein Schulleiter, kein Schwerkraftgesetz, nicht einmal die Zeit.

Flinker Hirsch ist Indianer. Er kann so leise auftreten, dass man keine Chance hat, seine Schritte zu hören. Er ist der beschworene Feind aller Bösewichter. Flinker Hirsch ist so geschmeidig und ausdauernd, dass er einen ganzen Tag lang ohne Pause laufen kann. Das ist ihm schon oft von Nutzen gewesen. Flinker Hirsch redet nicht viel.

Tarzan ist bärenstark – ihr solltet einmal seine Muckis sehen! Oder seine Brust.

Ihr solltet sehen, was er für Sprünge machen kann! Beide sind sehr groß gewachsen, aber beide sind auch so klein wie ich. Wir sind Kameraden, sie und ich. Wir unternehmen eine Menge zusammen.

Wir kämpfen gegen das Unrecht in der Welt, verprügeln Gangster, retten verletzte Tiere, befreien Pumas aus ihren Käfigen und lassen sie in die Berge entkommen, wo die

Luft blauer ist als jedes Blau und die Sterne am Himmel heller, als wir uns vorstellen können. Wir hassen blöde Cowboyfilme, in denen Indianer andauernd Geheul ausstoßen, die Bösen sind und tot vom Pferd fallen. Natürlich wollten mich die beiden nach Norwegen begleiten, aber der Versuch, Papa vom Kauf von drei Flugtickets zu überzeugen, war aussichtslos. Beim Abschied waren wir alle drei ganz schön geknickt. Tarzan sagte dies und jenes, Flinker Hirsch kaum etwas.

Bischof Jón Arason, die Dänen …

Draußen im Garten.

Großvater steckt im Gebüsch, Großmutter in den Blumen, Schwester beim Sonnenbaden. Auf einem runden, weißen Tisch liegt ein dickes Buch mit schwarzem Rücken, darauf steht in Goldbuchstaben: Gunnar Gunnarsson, Werke VII. Ein Lesezeichen steckt zwischen Seite 272 und 273. Das Leben von Bischof Jón Arason geht dem Ende entgegen. Großvater hatte Gunnarssons gesammelte Werke gekauft, unmittelbar bevor er mit Großmutter nach Norwegen auswanderte. Sobald sie sich halbwegs eingerichtet hatten, nahm er den ersten Band zur Hand. Heute, sechs Jahre später, ist er beim vorletzten Band angekommen, mitten in der Lebensgeschichte Jón Arasons, fünf bis dreißig Seiten liest er täglich und hat manchmal Schwierigkeiten einzuschlafen, weil es so spannend ist. Großvater ist vielleicht kein bedeutender Literaturkenner, aber er besitzt eine Ausgabe der Volkssagen und Märchen von Jón Árnarson, Gedichtsammlungen von Jónas Hallgrímsson, Davíð Stefánsson und Stephan G. Stephansson, eine Ausgabe der Isländersagas, die Sturlunga Saga, Gunnar Gunnarsson, Laxness, Hamsun, Olav Duun und Tarjei Vesaas.

Großvater ist ziemlich enttäuscht darüber, dass sein Bruder, der Dichter, in seinen Poemen weder Stab- noch Endreim verwendet. »Das ist wie ein Schiff ohne Kiel und Ballast«, sagt Großvater. »Ich werde seekrank, wenn ich so was lese.« Trotzdem liest er jedes Gedicht seines Bruders, Wort für Wort, die meisten mehrmals, denn man muss sich schämen, wenn man nicht versteht, was man liest.

Ich bin im Garten. Ich bin zehn Jahre alt.

Herr Bischof Jón Arason ist ein alter Mann in einem Buch mit schwarzem Rücken.

Damals weiß ich noch nichts von einem Jón Arason. Zwei Wochen später erzählt mir Großvater über seinen Malerrollen die ganze Geschichte und der Bischof gehört zu meinen dicksten Freunden. Dagegen hasse ich Daði und Konsorten, all die Feinde Jón Arasons, und Großvater steht entschieden auf meiner Seite. Besonders schlecht zu sprechen sind wir auf die Dänen. Ich hasse sie und dieses Gefühl werde ich nicht mehr los, bis ich Jahre später die Laudrup-Brüder Fußball spielen sehe.

Daði der Schweinehund

Wenn Großvater mir von Bischof Jón erzählt, lässt er mich bei seinen Anstreicherrollen in der Garage stehen, während er selbst herumläuft und den Hergang der Geschichte berichtet. Dabei weicht er manchmal von der Handlung ab, um mir zu sagen, was er mit diesem Dreckskerl, diesem Daði, angestellt hätte, wenn er ihn in die Finger gekriegt hätte. Um sich hauend stößt Großvater hervor: »Nimm das! Und den, und den auch noch!« Daði und seine finsteren Genossen werden auf den Boden der Garage gestreckt. Bei Großvaters Verrenkungen bleibt mir der Mund offen stehen und wahrscheinlich ist es besser, dass Großmutter ihn dabei nicht sieht, denn wenn Großvater richtig in Fahrt ist, haben Pinsel und Malerrollen Pause. Nicht minder staune ich über unerhörte Ausdrücke wie »Drecksack« und »Schweinehund«. Die merke ich mir und lasse sie in die Briefe an meinen Freund Pétur zu Hause in unserem Viertel einfließen. Pétur wohnt im Hauseingang Nummer 52. Er ist ein Jahr jünger als ich und kann deshalb längst nicht so viel wissen wie ich. Das trifft aber nicht immer zu. Er weiß, wo bestimmte Länder liegen, wie viel Kohle oder Zink sie fördern. Aber vergessen wir auch nicht, dass mein Vater ein ehrlicher Maurer ist, Péturs Vater dagegen läuft in einem Kordjackett mit Lederflicken an den Ellbogen herum. Er hat Schuppen, murmelt oft unzusammenhängendes Zeug und geht einer solchen Arbeit nach, dass er sich fast nie waschen muss. Stiefmutter sagt, solche Männer hätten ihr Lebtag nicht in Salzwasser gepinkelt, und ich präge mir sofort ein, dass das offenbar den entscheidenden Unterschied macht. Die schwelende

Scham, weniger zu wissen als Pétur, mildert es nicht. Es tut darum richtig gut, ihm zu schreiben:

Heute hat Opa Daði umgehauen, Daði den Schweinehund, Daði den Drecksack, das Ekel. Tod und Verderben den Dänen!

Vill du ikke mit deinem Bruder reden?

Ich bin noch immer draußen im Garten. Ein Buch liegt auf dem Tisch, Großvater in den Büschen, Großmutter im Blumenbeet, Schwester beim Sonnenbaden. Ich stehe eine ganze Weile reglos da, fühle nach, wie die Finsternis, die mich drinnen im Zimmer erfüllt hat, nach und nach schmilzt. Sie wird kleiner und kleiner und schließlich bleibt ein zusammengepresster Punkt tief in meinem Innern.

»*Vill du ikke* mit deinem Bruder reden?«, fragt Großmutter vom Blumenbeet aus.

Meine Schwester rührt sich nicht, dann sagt sie hinter ihrem Buch hervor: »Hi, nett, dass du gekommen bist.« Mit norwegischem Akzent.

Großmutter richtet sich im Beet auf. »Du *skall* dich schämen, du!«, sagt sie zu meiner Schwester.

Großmutter sprach stets diese merkwürdige Mischung aus Norwegisch und Isländisch. Es war ein ganz einzigartiges Idiom, das mit ihr an einem Februarmorgen ausstarb, in den letzten Zügen des zwanzigsten Jahrhunderts. Da war Großmutter eine alte, verbrauchte Greisin in einem Altersheim in Hveragerði.

Es wird dunkel: Großmutter stirbt

Großmutter kommt aus ihrem Dämmerzustand zu sich, schlägt die Augen auf, sieht eine Krankenschwester.

»Es wird dunkel«, sagt sie.

Die Krankenschwester, unsicher, ob Großmutter sich nur wundert oder Angst hat, schaut aus dem Fenster und erblickt die schwarze Wolkenwand, die sich über das Meer heranschiebt. Schnell zieht sie über die flache Südküste heran, stürzt sich über Hveragerði und schon prasseln die Hagelkörner gegen das Fenster.

»Ein Unwetter ist das«, sagt die Schwester zu Großmutter. Aber da ist sie schon tot.

Sie, die einmal ein junges Mädchen in einem engen Fjord gewesen ist. Das Schicksal, Gott, die Zeit, irgendwas schnitt ihren Lebensfaden in dem Moment ab, in dem sich eine dunkle Wolkenwand aus dem schwarzblauen Meer erhob.

Dreißig Jahre früher.
Ende des ersten Teils

Gut dreißig Jahre, bevor meine Großmutter drüben in Hveragerði in ihrem Bett sterben sollte, erhob sie sich sehr lebendig aus ihrem Blumenbeet und schimpfte meine Schwester aus.

»Sie ist doch nur krank«, kam es aus dem Gebüsch.

Eine Krankheit, denke ich. Das ist es. Meine Schwester ist krank. Darum ist sie so, so schlecht gelaunt, viel zu groß, in Schlüpfer und mit Busen und allem.

Teil II

Gedanken über zwei Worte und den Staatlichen Schulbuchverlag

Gedanken über Berge und den Staatlichen Schulbuchverlag

Gibt es um Stavanger Berge? Ja, meinem Atlas zufolge schon, aber meine Lebenserfahrung sagt mir, dass man zwei Dingen auf dieser Welt nicht leichtfertig trauen soll: Landkarten und dem eigenen Gedächtnis. Nehmen wir doch mal ein Beispiel: Hier sitze ich mit einem zwanzig Jahre alten Schulatlas und darin sind Staaten verzeichnet wie die Tschechoslowakei, Jugoslawien oder die Sowjetunion und irgendwo ragt der Eiserne Vorhang eiskalt in den Himmel und teilt die Welt in eine gute und eine böse Hälfte. Inzwischen ist dieses Bild der Welt, mit dem ich aufgewachsen bin und von dem ich glaubte, es würde Jahrtausende Bestand haben, futsch. Es war nur eine Episode in der Geschichte und mein Atlas ist genauso veraltet wie eine Landkarte aus dem fünfzehnten Jahrhundert. Dabei ist er vom Staatlichen Schulbuchverlag herausgegeben worden. Das sollte einem zu denken geben.

Das Weltbild meiner Kindheit war wie die Sowjetunion: ein solides, unerschütterliches Ganzes an der Oberfläche, aber darunter lauerten bereits Lügen und Zerfall. So sieht's aus: Man reist mit einer Landkarte von gestern durchs Leben. Was einmal ganz im Westen lag, ist nun womöglich im Norden, eine Stadt, die Leningrad hieß, heißt auf einmal Sankt Petersburg, wie in uralten Zeiten, lange vor heute. Was heute neu ist, landet am Abend schon im

Museum des Lebens und das einzig Beständige ist ein unendlich tiefes Verlangen nach Beständigkeit, eine Sehnsucht danach, in der alten Welt aufzuwachen, in der die Landkarten noch stimmen und dem Kompass zu trauen ist.

Berge um Stavanger? Ich kann mich nicht an die Berge erinnern, die im Atlas eingezeichnet sind, weiß nichts von einem Berg, der »in den Himmel wuchs, Wolken und Winde fing, den Mondschein zu dunklen Abenteuern sammelte«. Was ich vor mir sehe, sind lediglich Häuser, Gärten, Bürgersteige, Rasenflächen, Felsplatten, ein Bunker, das Meer, die Menschen.

Ich will auch nur von einem vergangenen Sommer erzählen.

Als ich zehn Jahre alt war und die Welt noch rosig aussah. Die Städte änderten nicht über Nacht den Namen, der Eiserne Vorhang hielt die Welt zusammen, das Ozonloch kam noch nicht auf die Titelseiten und die meisten berühmten Persönlichkeiten waren noch am Leben.

Ein Vorort, der nur eine Straße ist

Dieser Vorort von Stavanger besteht aus einer Reihe Einfamilienhäuser, die von Gärten umgeben sind. Ordentliche Bäume und sauber geschnittene Hecken, außer am Haus der Witwe und ihres Sohnes, des Taxifahrers. Ihr Grundstück wird von einer ungestalten, zwei Meter hohen Hecke verdeckt wie von einer Reihe wütender Kerle, die wild mit den Armen fuchteln, sich Haare und Bärte raufen und dabei wüste Schreie ausstoßen. Was ich hier als Vorort bezeichne, besteht in meiner Erinnerung nur aus einer einzigen Straße, die wie ein liegendes *T* geformt ist.

Zwei Worte

Oma und Opa.

Zwei Worte, die einen aufrichten können wie eine Religion, wie eine riesige Kiefer.

Teil III

Jetzt werde ich von den Jahren berichten,
in denen Taschen kurzer Hosen manchmal
voller himmlischer Leckereien waren

Vorwort

Ich streite es gar nicht ab, auch ich möchte ein Leben an sicheren Ufern führen, in einer Welt wach werden, die so ruhig und heiter ist wie der Himmel an einem windstillen Oktobertag. Aber wie soll man mit dem Leben zurechtkommen, wenn man den Landkarten nicht mehr trauen kann, den Namen der Städte nicht, nicht dem Wetter und am allerwenigsten dem eigenen Gedächtnis, der persönlichen Landkarte für die eigene Vergangenheit? Wenn selbst die Sprache ein zweischneidiges Schwert ist und durchtränkt mit Vorurteilen und vorab feststehenden Ergebnissen, so dass es nicht einmal etwas helfen würde, wenn man Herman Melville hieße und die Wucht des Donners und die Sprengkraft des Blitzes kennen würde. Da ist nichts mehr zu machen und die letzten, halbwegs normalen Memoiren sind längst geschrieben. Ich schaue aus dem Fenster. Dahinten glitzert eine Stadt. Da steht der Mond, der letzte Schrei einer Lampe, am dunklen Himmel im Westen und was ich eigentlich sagen wollte: Es geht ein Schrubber auf langem Stiel hinter unserer Hecke entlang.

Großvater ist ein Gott, dem etwas missrät, und versucht, sich vor der Erde zu drücken

Es ist kurz nach dem Frühstück, als ich den Schrubber auf dem langen Stiel hinter der Hecke entlanggehen sehe, die das Haus, von vorn betrachtet, von den Nachbarn zur Linken abgrenzt. Es muss wohl ein Samstag sein, denn Großvater arbeitet im Garten.

»Sieh mal, Opa, ein wandelnder Schrubber!«

Opa kniet gerade im Beet. Er steht auf, als ich ihm den Schrubber zeigen will. Großvater nutzt jede Gelegenheit, um sich vor der Gartenarbeit zu drücken und ein wandelnder Schrubber ist ein blendender Vorwand. Er erhebt sich also.

»Hol mir doch mal meine Pfeife!«

Ich tu's. Sie liegt auf dem Tisch in der mit Platten ausgelegten Gartenecke. Großvater stopft sich die Pfeife, zieht und pafft ein paar schnell vergängliche Wolken aus wie ein Gott, dem eine Schöpfung missrät.

»Hm«, sagt Großvater, »das ist kein Schrubber, sondern der Per. Er hat sich einen Mecki schneiden lassen.«

Klar, dass ich enttäuscht bin. Es ist schließlich viel spannender, einem wandelnden Schrubber zu begegnen als einem Mann mit Bürstenschnitt. So spielt die Realität dem Leben mit. Daran denkt Großvater nicht; er ist bloß froh, dem Erdreich entronnen zu sein, und erklärt, Per sei der Mann von Vera.

Oma und Opa sind mit ihren Nachbarn zufrieden. Großmutter meint, sie seien anständige Leute und tüchtig, *dygtig*. Ein größeres Lob gibt es nicht aus ihrem Mund. Ich weiß nicht mehr, welchen Beruf Per hatte, aber fünf Tage in der Woche startete er jeden Morgen als Erster sein Auto, bestimmt eine halbe Stunde vor dem Nächsten. Großmutter sagt, Großvater solle sich Per zum Vorbild nehmen, und manchmal tut er es auch. Dann klingelt der Wecker schon um halb sechs statt um halb sieben, Großvater stürzt einen Becher Kaffee hinunter, verschlingt eilig zwei Scheiben Toast und zerreißt die morgendliche Stille mit seinem Wolga. Per verschluckt sich an seinem Frühstückskaffee. An einem solchen Tag ist Großmutter überaus zufrieden mit Großvater und auch ich bin stolz auf ihn. Dann kann ich nämlich in einem Brief nach Hause schreiben, Opa sei vor allen anderen im Viertel auf den Beinen gewesen. Vera schneidet den meisten Bewohnern in der Umgebung die Haare, nur sich selbst, Per und ein paar anderen nicht. Daher haben alle Jungen und Männer auf der Straße den gleichen Haarschnitt, doch keiner macht eine Bemerkung darüber.

Großvater pafft seine Pfeife.

Er erzählt mir verdächtig ausführlich von den Nachbarn, hat wohl keine Lust, wieder an die Arbeit im Beet zu gehen. So berichtet er, Per und Vera hätten zwei Söhne, etwa in meinem Alter. »Ja«, sagt er, »so ungefähr deine Altersstufe, *akkurat*, zwei Jungen.«

Großvater raucht sein Pfeifchen, bemüht sich, die Glut am Leben zu halten und sich weiter vor der Gartenarbeit zu drücken, und – hier würde ich gern in die Geschichte eingreifen, mich in die Zeit zurückversetzen und dir helfen, aber leider, Opa, da kommen zwei Jungen, die beiden Brüder, als wären sie urplötzlich aus dem Gras geschossen oder vom Himmel gefallen.

»Ach«, sagt Großvater enttäuscht, »da sind sie ja, die beiden. In deinem Alter, wie man sieht. Naja, dann buddele ich am besten weiter in der Erde rum.«

Det er et hus

Tja, da laufen wir also. Drei Jungen. Es ist Sommer, die Welt erfüllt von Sonnenschein. Es ist warm, sogar heiß. Als hätte Gott vergessen, die Heizung abzustellen. Ich trage die Sachen, die Großmutter mir gekauft hat: Shorts, kurzärmeliges Hemd, Sandalen ohne Strümpfe. Was würde Stiefmutter zu einem solchen Aufzug sagen? Die guten neuen Sachen hängen im Schrank, in dem Schrank, in dem die Spinne auf mich gewartet hat. Hier aber sind drei Jungen auf ihrem Weg. Ich gehe in der Mitte, der ältere zu meiner Rechten. Er ist so alt wie ich und heißt Björn. Ein klein wenig o-beinig, breite Schultern, lange Arme, ganz schön flink manchmal, er macht überhaupt alles sehr schnell, kann sich zum Beispiel doppelt so schnell die Schuhe zumachen wie ich oder Eis essen. Alles ist ständig in rasanter Bewegung bei ihm, ständig hat er neue Einfälle, die sich überschlagen und die Worte drängen sich so schnell aus seinem Mund, dass er zuweilen nach Luft schnappen muss, als würde er ertrinken. Dann stampft er mit dem Fuß auf, schlägt sich gegen die Brust und die Sätze kommen in einem Schwall heraus. Er behauptet, er würde auch schnell schlafen. Was immer er damit meint. Sein kleiner Bruder heißt Erik und es stimmt überhaupt nicht, was Großvater behauptet, nämlich dass wir in einer

Altersstufe wären. Wir sind zwei Jahre auseinander, fast ein ganzes Lebensalter. Erik fällt nicht so auf. Die beiden Brüder stecken immer zusammen und Erik unterbricht Björn kaum einmal, daher kommt er selten zu Wort. Aber ich habe schnell erkannt, dass Erik von allem Mechanischen magisch angezogen wird. Er ist unermüdlich darin, herauszufinden, wie etwas zusammengesetzt ist und wie es funktioniert. Es gibt kaum einen Gegenstand, den er nicht am liebsten in seine Einzelteile zerlegen würde. Zu Hause darf man ihn keinen Moment aus den Augen lassen, sonst hält er schon einen Schraubenzieher in der Hand und nichts ist vor ihm sicher: Radio, Fernseher, Toaster, selbst einen Dosenöffner findet er unwiderstehlich. Schon zweimal stand sein Vater vor einem auseinander genommenen Rasenmäher und einmal zog er Erik mit ölverschmiertem Haar und einem Schraubenschlüssel in der Hand aus dem Motorraum seines Wagens. Wir drei also, drei Jungen, machen uns auf einen Streifzug durch das Viertel. Björn redet und redet, zeigt auf Leute, auf Häuser, auf einen Fußballplatz, auf sich und lächelt, auf seinen Bruder und schüttelt den Kopf. Ja, da gehen wir also und Björns unablässiges Gerede hüllt uns ein wie eine unsichtbare Wolke. Plötzlich, mitten in einem Redeschwall, hält er die Luft an. Er guckt mich an, dann seinen Bruder, sagt etwas zu mir, schaut wieder seinen Bruder an, und da endlich scheint ihm aufzugehen, dass ich kaum etwas verstehe. Er sieht verwirrt aus, fast ein wenig ratlos, zeigt auf ein Haus und sagt dazu ganz langsam: »*Hus. Det er et hus.*«

So beginnt mein Norwegischunterricht.

Straßenbild

Wie viele Häuser liegen an der *T*-förmigen Straße? Dreißig? Fünfzig? Keine Ahnung; ich weiß nur, dass es eine Menge sind, alle annähernd gleich groß und doch hebt sich eins von den anderen ab, es ist weit größer und von einem riesigen Garten umgeben mit höheren Bäumen und einer höheren Hecke. Eine berühmte Frau wohnt darin. Ihr Mann ist Pilot und nie zu Hause. Er flieht vor der Welt und sucht Schutz am blauen Himmel. Die Frau scheint selten irgendwohin zu fahren, nur manchmal taucht sie in der Einfahrt auf, geht zu einem schwarzen Sportwagen, steigt ein, verschwindet hinter der blendenden Windschutzscheibe, fährt los und ein Hund läuft ihr nach. Es ist ein sehr großer Hund, etwa so groß wie ein Nashorn, aber die Kraft und die Ausdauer eines Tigers stecken in ihm. Das sieht man daran, wie er rennt.

Dreißig Häuser? Fünfzig?

Nicht, dass die Zahl etwas bedeuten würde, ich denke nur laut vor mich hin. Die Häuser sehen sich ähnlich und doch sind nicht zwei von ihnen gleich. Da steht das currygelbe Haus der fröhlichen Familie. An den Wochenenden schallt lautes Gelächter aus ihrem Garten. Da das rote. Der Mann trägt oft eine Aktentasche, aber seine Frau steht ewig am Küchenfenster und wenn eine andere Frau vorbeigeht, nimmt sie die Zigarette aus dem Mund, reißt das Fenster auf und ruft: »Magst du nicht auf eine Tasse Kaffee hereinkommen, meine Liebe?«

Großmutter kann sie nicht ausstehen.

Und dort ist das Haus des Mörders. Man muss all seinen Mut zusammennehmen, um sich ihm zu nähern, denn schließlich ist es da lebensgefährlich, selbst am helllichten Tag, wenn die Sonne so groß ist, dass man sich auf die Zehen stellen und einen Strahl aus ihrem Kranz brechen kann. Mit diesem leuchtenden Schwert haut man die Langeweile, Spinnen und den Tod kurz und klein. Er hat seine Frau umgebracht. Aufgehängt hat er sie. Er arbeitet in dem großen schwarzen Gebäude ganz weit weg, in dem die Dunkelheit hergestellt wird; auch Spinnen und böse Träume fabriziert man dort. Eine andere Frau wohnt inzwischen bei ihm. Ist nur eine Frage der Zeit, wann sie ebenfalls verschwindet, der Tod steht ihr schon ins Gesicht geschrieben. Besser man hält sich von ihr fern; Sterben könnte ansteckend sein. Wenn sie Glück hat, überlebt sie noch den Sommer. Es gibt zu viel Tod auf dieser Welt.

Ja, so war das wahrscheinlich: Großvater liegt in einer norwegischen Hafenstadt auf dem Bürgersteig, den Kopf voll mit isländischem Moos

Ich weiß nicht, wohin ich mich mit meinem ganzen Unmut wenden soll. Gegen die Zeit, gegen das Schicksal, gegen Gott oder vielleicht gegen das Schlimmste von allem, den Zufall. Drei Jahre nach meinem norwegischen Sommer ist Großvater jedenfalls gestorben. Er fiel von der Leiter. Damit konnte ich mich überhaupt nicht abfinden, Opa hätte nämlich sehr alt werden sollen, wenn es nach mir gegangen wäre, hundert Jahre. Ich hätte ihn im Altersheim besucht, wir wären in den Park gegangen und hätten uns über alles unterhalten, auch über das Wetter – sein Spezialgebiet.

Großvater fühlte den Luftdruck auf seiner Haut, durch Einatmen konnte er exakt die Außentemperatur feststellen, mit den Ohren maß er die Windstärke, mit der Nase die Luftfeuchtigkeit. Ja, Opa war eine wandelnde Wetterstation, aber er konnte sich nie an das Klima in Norwegen gewöhnen. Er behauptete, seine Wettersinne würden dort einschlafen, vor allem sein Hygrometer. Gut, ich wäre also mit ihm im Park des Altersheims spazieren gegangen, hätte mit ihm über das Wetter geplaudert und Großvater hätte mir so manches erzählt, von seinen Eltern, etwas seltsamen Menschen, von seinen Jahren auf See und den Stürmen, die er erlebt hatte, wie zum Beispiel den einen im Februar Anfang der vierziger Jahre, als mitten im Orkan etwas zerbarst und für einige höchst ungewisse Augenblicke niemand eine Ahnung hatte, was da kaputtgegangen war, der Schiffsrumpf, der Himmel selbst oder gar die Zeit, und ob damit alles zu Ende war, ob die Zeit aufgehört hatte zu existieren und es nur noch endlose Leere gab. Dann hob der Ozean seine gewaltige Faust, schmetterte sie herab und es ging noch so einiges zu Bruch: Tassen, Scheiben, Mut und Zuversicht. Doch auch wenn der Kapitän einen Nervenzusammenbruch erlitt und der größte Teil der Besatzung entweder in Ohnmacht fiel oder von plötzlicher Todessehnsucht erfüllt wurde, gab es an Bord noch den Steuermann, einen Heroen mit großer Nase von der Insel Hergilsey, und Großvater. Gemeinsam schafften es die beiden, das Schiff nach und nach aus der nassen Umarmung des Meeres zu lösen und mit beschädigter Brücke und blank liegenden Nerven einen Hafen zu erreichen.

Ja, mein Großvater und ich. Das Altersheim und der Arm des Ozeans schwer wie der Tod in seinen Worten.

Jeden Tag hätte ich ihn besucht oder wenigstens ein paar Mal in der Woche. Ein Arm, schwer wie der Tod. Großvater hätte hundert Jahre alt werden sollen, und das wollte er auch. Ich weiß noch, wie er sich einen Stock zulegte, einen glänzenden und stabilen. Großvater wählte ihn mit Sorgfalt und der Sachkenntnis eines Fachmanns aus. »Der soll mich im Alter einmal stützen«, sagte er dazu. Und dann fiel er von der Leiter. Der Stock steht jetzt unten in meinem Keller in diesem blauen Wohnblock.

Der Himmel in frostigen Farben.

Ich sitze an dem Schreibtisch, den sich ein Bruder von Opa vor einem halben Jahrhundert gekauft hat. Auch er ist gestorben, wenn auch nicht bei einem Sturz von der Leiter. Nein, er erhob sich nur aus seinem Stuhl am Telefon, schleppte sich mit einer blutenden Krebsgeschwulst in seinem Kopf zum Bett, und während draußen der Verkehr die Hringbraut entlangrauschte, verebbte das Leben von Großvaters Bruder und die Melodie seines Gedichts verklang. Er war allein und darum hörte niemand seine letzten Worte. Großvater aber war nicht allein, denn eine Frau sah ihn fallen, lief zu ihm hin und kümmerte sich um ihn. Und während Großvater sterbend auf dem Trottoir lag und sich eine fremde Frau über ihn beugte, saß Großmutter womöglich am Küchentisch, trank Kaffee und rauchte eine Zigarette. Da steht Großvaters Kaffeetasse, da stehen seine Hausschuhe, da ist sein Sessel und da die Lesebrille auf dem Buch, das er gerade las: *Menneske og maktene* von Olav Duun; etwa bis zur Hälfte ist er gekommen. Schrecklich, mitten in einem Buch zu sterben!

Soweit ich weiß, hat Großvater nach dem Sturz noch fünf bis zehn Minuten gelebt. Ich stelle mir vor, er hat in diesen letzten Minuten seines Lebens noch einmal kurz an das Buch gedacht, doch dann sind seine Gedanken bestimmt zu dem Jahr auf Snæfellsnes zurückgekehrt, in dem er noch ein Junge und es für ihn das Schönste war, zwischen den Wiesenhöckern zu liegen, dem Wind in den Gräsern zu lauschen, eine Schnepfe in der Luft und einen Marienkäfer aus der grünen Decke des Sommers aufsteigen zu sehen.

Kurz bevor das Leben aus seinen Augen schwand, sprach Großvater zwei Worte, die die Norwegerin nicht verstand.

Beinahe wäre Großvater ein besitzloser Proletarier geworden, der keine Lust hatte, sich zu rasieren, und doch kam alles ganz anders

Großvater beurteilte Menschen niemals nach ihrer Arbeit oder den äußeren Umständen ihres Lebens. Durch all das sah er einfach hindurch: durch den äußeren Schein und die Schale, durch das Bollwerk täglicher Routine und Gewohnheiten, er sah den Menschen selbst, seinen Charakter. Andererseits konnte er in seinem Urteil noch unbeirrbarer sein als Großmutter – und Großmutter war eine Frau aus Stahl. Wenn Großvater einmal eine Antipathie gegen jemanden gefasst hatte, dann hatte der Betreffende keinerlei Aussicht, jemals wieder Gnade vor seinen Augen zu finden, und sollten noch tausend Jahre und ein Tag vergehen. Aber denen, die einen guten Charakter hatten, vergab er alles, egal wie sie mit ihrem Leben umgingen, ob sie nun die Erfolgsleiter hochkletterten oder am Boden herumkrebsten. »Eine gute Seele setzt keinen Schmutz an«, bemerkte Großvater und weiterer Worte bedurfte es nicht. Diese Einstellung ging Großmutter beträchtlich gegen den Strich. Sie sagte, Großvater sei doch ein Waschlappen und wenn sie nicht gekommen wäre und seinem Leben einen festen Kurs gegeben hätte, dann hätte es mit ihm noch böse geendet, dann wäre überhaupt nichts aus ihm geworden, er wäre ein armer Schlucker geblieben, der nicht einmal die Energie aufgebracht hätte, sich zu rasieren.

»Du hast vollkommen Recht«, stimmte ihr Großvater zu. »Bis aufs i-Tüpfelchen.«

Das brachte Großmutter nur noch mehr in Rage, denn spätestens da hätte er Rückgrat zeigen und ihr energisch widersprechen müssen.

Großmutter und der Igel

Großmutter zeigte nie Mitleid mit jemandem. Wenn einer das Schicksal eines Anderen bedauerte, pflegte sie bloß zu sagen: »So ist das Leben.« Meine Großmutter, die sich nie vor etwas beugte und die unnachgiebig war wie Stahl. Doch die gnadenlose Zeit sollte ihren Trotz, ihre Härte und ihren königlichen Stolz am Ende brechen. Sie wurde alt und älter und die Zeit saugte ihr das Fleisch von den Knochen, bis die Haut wie ein zu großes, verschlissenes Kleid um sie hing. Da erst gab sie nach und beugte sich. Vorher aber, zum Beispiel in jenem norwegischen Sommer, war sie stärker als alles und bedauerte nichts und niemanden.

Ein einziges Mal sah ich vielleicht so etwas wie Mitleid bei ihr durchschimmern: Das war, als ich zusammen mit den Brüdern einmal einen Igel nach Hause brachte, mit dem andere Jungen Fußball gespielt hatten.

Es war nicht mehr viel von ihm übrig. Die Stacheln waren gebrochen, einige sogar in sein eigenes Fleisch eingedrungen, auch die Beine waren mehrfach gebrochen und die Augen starrten so leer und verzweifelt, dass es einem ins Herz schnitt. Wir nahmen ihn mit zu uns, um ihn Großmutter zu zeigen, ihr von den bösen Jungen zu erzählen und zu fragen, ob sie ihn noch heilen könne. Großmutter betrachtet sich den misshandelten kleinen Kerl, der ein wenig zittert, und als sie in seine verzweifelten Augen schaut, erkenne ich so etwas wie Mitgefühl in ihrem Blick und meine stahlharte Großmutter sagt: »Das arme Kerlchen!« Dann nimmt sie ein Messer und trennt ihm den Lebensfaden durch. Wir sehen alle, wie die Hoffnungslosigkeit aus den Augen des Tieres schwindet und etwas anderes an ihre Stelle tritt.

Am Abend sagt Großvater: »Du hättest den Igel ja nicht unbedingt vor den Augen der Kinder töten müssen.«

»Papperlapapp«, gibt Großmutter zurück, »die sollen das Leben kennen lernen.«

Die Sprache ist ein lahmes Verkehrsflugzeug. Zurück zum Viertel

Es ist nicht falsch, von zwei getrennten Welten in jenem norwegischen Vorort zu sprechen. Sie sind nicht mehr als eine Armspanne voneinander entfernt, doch sprengen sie zugleich sämtliche Maßstäbe und liegen so weit auseinander wie zwei Galaxien in der unendlichen Weite des Weltraums. Die Distanz zwischen ihnen ist so groß, dass weder Maßeinheiten noch die Sprache sie benennen könnten.

Ich spreche von der Welt der Kinder und der der Erwachsenen.

Der Abstand zwischen ihnen ist so ungeheuer groß, dass man ein Raumschiff mit Lichtgeschwindigkeit aus einem Science-Fiction-Roman bräuchte, um ihn im Lauf eines Menschenlebens zu überwinden. Und die Sprache ist eben nur ein lahmes Verkehrsflugzeug.

Ich befinde mich gerade irgendwo in der Mitte zwischen diesen beiden Welten.

Ich erinnere mich wie ein Kind und begreife wie ein Erwachsener.

Denke wie ein Kind und schreibe als Erwachsener.

Ich kann nicht schlafen.

Ich kann ebenso wenig schlafen wie der Bruder meines Großvaters, der Dichter, der den Schreibtisch erstand, auf den ich meine Ellbogen stütze. An einem Januarmorgen. Die Dunkelheit ist so massiv, dass sich die Fensterscheiben nach innen wölben. Gestern haben meine Nachbarn die Weihnachtsbeleuchtung abgeschaltet, rot, blau und weiß. Da erwachte in mir das Verlangen nach einem Licht, das nicht ausgeknipst wird.

Zur Erinnerung …

Du bist zehn Jahre alt, und es ist näher, nach Afrika zu reisen, als über die Straße zu gehen.

Plopp!

Eins

Ich bleibe bei der Hecke stehen, die aussieht wie eine Reihe wütender Kerle. Sie haben sich mal wieder Haare und Bärte gerauft und werden bald in wüste Schreie ausbrechen. Die Hecke umgibt das Haus der Witwe und ihres Sohnes, des Taxifahrers.

In Wahrheit ist sie gar keine Witwe. Ihr Ehemann wohnt auch im Haus, aber Großmutter sagt, er sei ein solcher Schwächling und Versager, dass sie in etwa das Gleiche wie eine Witwe sei.

Ihr Sohn ist so groß und fett, dass manche Angst haben. Jeden Tag rechnet man damit, den furchtbaren Knall zu hören, mit dem es ihn zerreißt. Dann wird es das ganze Viertel überschwemmen, die Häuser saufen ab und allenfalls einige vereinzelte Dächer und die höchsten Bäume gucken noch heraus, an die sich die wenigen klammern, die schwimmend ihr Leben retten konnten. Überall treiben seine Eingeweide wie Eisberge im Blutmeer oder ragen daraus hervor wie Schären oder Korallenriffe.

Dennoch übt kaum ein Erwachsener eine solche Anziehungskraft auf uns aus wie diese leibhaftige Weltuntergangsdrohung.

Zwei

Wenn jener Sohn nachmittags nach Hause kommt und langsam in die Straße einbiegt, rennen wir augenblicklich los, suchen uns einen geeigneten Beobachtungsposten und warten darauf, dass der Wagen hält, denn dann geschieht Folgendes: Die Autotür wird geöffnet.

Die Fahrertür schwingt auf, ein dicker Arm wird sichtbar, die feisten Finger schließen sich um den Türholm und der Sohn versucht, sich aus dem Auto zu stemmen. Was für ein Unterfangen! Das Taxi schwankt und schaukelt, der Sohn ächzt, stöhnt und flucht; man hat den Eindruck, das Auto will ihn nicht freigeben und verengt seine Türöffnung, so dass der Fahrer eine Weile nichts anderes tun kann, als hilflos mit den Beinen zu zappeln, die sich schon im Freien befinden. Das Taxi wackelt, will aber nicht loslassen und wir schließen in unserem Versteck Wetten darüber ab, wie die Sache ausgehen wird. Manchmal schafft er es gerade so, die Beine wieder unter dem Lenkrad zu verstauen, die Tür zuzuschlagen und wütend wieder abzufahren. Aber wenn es ihm doch einmal gelingt, sich loszureißen, hört man das Geräusch, mit dem ein Korken aus der Flasche kommt: Plopp!

Drei

Wenn du einen glücklichen Tag hast, wenn du ein Günstling des Himmels bist, dann bist du es, der gerade den Bürgersteig entlanggeht, wenn das Taxi um die Ecke kommt. Dann hörst du einen verstohlenen Pfiff und anschließend die spröde Stimme des Sohns, der dir zuruft: »*Hei, gutt!*«

Und dann stehst du kurz darauf im Laden und lässt dir zwei Tüten bis zum Rand mit Süßigkeiten füllen, den köstlichsten Dingen, von denen du dir auch ein paar in die Hosentaschen deiner Shorts stopfst. Schokolade, Lakritz, was du dir nur wünschen kannst. Du stakst hinaus zum Taxi, der Sohn fischt gnädig ein Stück Schokolade aus einer der Tüten, schenkt es dir und fährt davon. Du bleibst zurück mit einem Stückchen Schokolade in der Hand und den Hosentaschen voller himmlischer Leckereien.

Teil IV

Der Pazifik ist der größte Ozean der Erde.
Er liegt zwischen Amerika und Asien,
seine Fläche beträgt 165 Millionen Quadratkilometer, seine Länge 16 000 Kilometer,
und die größte Tiefe misst 11 033 Meter

Ja, ja, ich kenne die Wälder! Tarzan und Flinker Hirsch sind nämlich meine Freunde. Gemeinsam sind wir durch die Urwälder Afrikas und die Regenwälder Amerikas gestreift und haben einiges erlebt, von dem ich hier nichts berichten will. Manches erzählt man eben keinem.

Vorwort zu einer großen Reise

Gut zwei Wochen, nachdem ich durch die blaue Luft geflogen kam, besuchen mich eines Morgens Erik und Björn. Ich sitze gerade im Garten, Großvater ist zur Arbeit, meine Schwester sonst wo, wahrscheinlich im Bett. Sie schläft so viel, dass man vergisst, dass es sie überhaupt gibt. Großmutter beschäftigt sich mit irgendwas, sie kann selten einfach die Hände in den Schoß legen. »*Disse hænder*«, sagt sie und hält ihre beiden großen, schwieligen Hände hoch, »müssen *arbeide*. Sonst werden sie alt und schwach und das Herz auch.«

Wenn Großmutter doch einmal nichts tut, dann trinkt sie Kaffee und raucht dazu eine ihrer selbstgedrehten Zigaretten bis auf den letzten Stummel. Sie hält ihn auf eine Haarnadel gespießt und zieht daran, bis ihr die Glut die Lippen verbrennt. Großmutters Zigaretten sind sehr stark. Einmal habe ich eine Kippe, die sie weggelegt hatte, stibitzt und mich damit aufs Klo verdrückt. Ich zündete sie an, saugte den Rauch ein und es fühlte sich an, als würde jemand mit einem Kochlöffel kräftig in meinem Hirn rühren. Gut, aber jetzt ist jener Morgen.

Die Bäume stehen erschöpft in der Hitze, lassen Tausende winzig kleiner Hände hängen und ich sitze auf einem Gartenstuhl. Ich denke an die Spinne unter meinem Bett. Sie ist hundsgefährlich. In der Nacht habe ich vom Elternhof meiner Stiefmutter geträumt. Zusammen mit einem Hund mit einem weißen Fleck auf der Brust ging ich dort über die grüne Hauswiese. Dann wurde es dunkel, der Hund fing an zu heulen und verschwand. Er lief nicht davon, sondern löste sich auf und verschwand einfach, die Häuser versanken in der Erde und die Ränder der Gräben zogen sich schaudernd zusammen. Ich sah auf und erblickte die Spinne, die vom Meer näher kam. Sie füllte den gesamten Horizont aus, sie hatte riesige Fühler und Greifzangen und man hörte ein Rascheln, als ihre haarigen Borsten den Himmel streiften. Jetzt aber ist Morgen, ich sitze im Garten und versuche gerade, die strahlende Sonne den Eisblock schmelzen zu lassen, den der Traum in meiner Brust hinterlassen hat, da kommen die beiden Brüder, Björn und Erik.

»Hei, gutter, hei!«

Wir sehen uns jeden Tag. Es sind mittlerweile schon mehrere Tage vergangen und wir haben uns an jedem von ihnen getroffen. *Hei, gutter, hei!* Da sitze ich und habe mir gerade Folgendes zurechtgelegt: Träume ich noch einmal solches Zeug, dann ist das einzig Kluge, dass ich mich ebenso in Luft auflöse wie der Hund oder dass ich die Spinne angreife und sie beiße. Vielleicht platzt sie dann wie ein Ballon. Es ist schließlich nur ein Traum und da weiß man nie. Ich erinnere mich noch, als ich aufwachte, sah ich, wie die Spinne etwas hinter sich her schleppte, das aussah wie ein großer Schniedel samt Beutel. Aber da sind Björn und Erik: *»Hei, gutter, hei!«*

Sie wollen einen Ausflug machen.

In den Wald.

Ja, ja, ich kenne die Wälder! Tarzan und Flinker Hirsch sind nämlich meine Freunde. Wir sind schon gemeinsam durch die Wälder gestreift und haben einiges erlebt, von dem ich lieber nicht reden will. Manches erzählt man eben niemandem. Aber haben die Brüder schon mal eine Spinne verschluckt? Sie schütteln die Köpfe. Björn sagt, sie könnte aber wohl kaum schlechter schmecken als die Plätzchen, die ihre Mutter viel zu oft backt. Vielleicht hat er Recht und ihre Plätzchen gehören zum Ekligsten, was es gibt. Jedenfalls hat selbst Großvater einmal gesagt: »Lieber nehme ich einen Schluck aus einem meiner großen Farbeimer, als einen Keks von Vera zu essen.« Und einmal meinte ich zu ihm, als wir draußen im Schuppen bei den Anstreicherrollen waren: »Hör mal, Opa, wir lassen die Dänen die Kekse von dieser Vera essen. Sie haben schließlich Jón Arason umgebracht.« Großvater stimmte mir zu, das sei genau das Richtige, und dann zogen wir über die Dänen her. Einmal sollen sie Opas Urgroßvater sogar getreten haben und Jónas Hallgrímsson, der war einmal ein berühmter isländischer Dichter, fiel in einem dänischen Haus hin und brach sich ein Bein. Die Gedichte von diesem Jónas finde ich eher langweilig, es passiert nichts Spannendes in ihnen und ich sagte zu Großvater, Jónas hätte besser über Banditen, Piraten oder meinetwegen Fußball dichten sollen, dann hätte man was davon, ihn zu lesen, und ich glaube, Großvater hat mir darin auch zugestimmt. Na ja, jedenfalls brach sich dieser Jónas auf einer dänischen Treppe ein Bein und starb wenig später. In der Stunde seines Todes hat er es sicher bereut, keine spannenderen Gedichte geschrieben zu haben. Aber wir sind dabei, einen Ausflug vorzubereiten.

In den Wald.

Wer sich auf Reisen begibt, braucht Wegzehrung

»Der Wald ist sehr groß. Vielleicht kommen wir bis zum Abend wieder nach Hause«, sagt Björn. »Vielleicht aber auch nicht.« In diesem Wald können Menschen umkommen. Durch Tiger! Und wenn keine Tiger, dann Gespenster, wenn keine Gespenster, Menschenfresser. Wenn keine Menschenfresser, Banditen. Ich muss erst Großmutter fragen.

»Ausgeschlossen«, sagt Björn. »Wir müssen gehen, ohne zu fragen. Einfach aufbrechen und uns in die Büsche schlagen.«

Ich habe Großmutter aber versprochen, Bescheid zu sagen, ehe ich mich weiter vom Haus entferne.

Da fragt Björn: »Willst du nun dabei sein oder nicht?«

Na klar will ich.

»Dann darfst du nicht erst fragen«, sagt er, denn wenn man irgendwohin will, um was Spannendes zu erleben, dann bringt es nichts, vorher die Erwachsenen zu fragen. »Dann kommst du nämlich nirgends hin und bleibst dein Leben lang ein Baby.«

»Gehen wir«, sage ich.

»Nicht so schnell«, meint Björn. »Du musst erst noch was zu essen einpacken, sonst stirbst du unterwegs vor Hunger. Siehst du den Beutel hier? Das ist Proviant, aber er reicht bloß für zwei. Wir aber sind jetzt zu dritt. Das heißt, du musst bei deiner Oma noch was klauen.«

»Sie bringt mich um.«

»Halb so schlimm, denn vorher bist du im Wald gewesen und hast eine Menge erlebt.«

»Das stimmt auch wieder.«

Die Reise

Der Wald.

Ich weiß eine Menge über Wälder.

Ich war schon oft mit Tarzan und Flinker Hirsch in den Urwäldern Afrikas und den Regenwäldern Amerikas, doch zugleich kenne ich eigentlich nur das schüttere Wäldchen, das bei uns zu Hause neben dem Wohnblock liegt. Es erstreckt sich so weit, dass noch nie jemand bis ganz ans Ende gegangen ist, obwohl so einige dort unterwegs sind. Aber es braucht nicht lange, quer hindurchzugehen. Vielleicht eine halbe Minute. Doch das, was Björn, Erik und mir nun entgegenwächst, was größer und größer wird und anscheinend gar nicht mehr aufhören will, höher und höher vor uns aufzuragen, das ist vielleicht ein Wald! Etwas Derartiges habe ich in meinem ganzen Leben noch nicht gesehen. Nicht einmal mit Tarzan und Flinker Hirsch. Trotzdem lasse ich mir nichts anmerken. Bloß Kleinkinder stellen sich an. Ich werde bald elf. Bin vielleicht nicht besonders groß für mein Alter, habe aber schon so manches erlebt und kenne die Welt. Aber das ist vielleicht ein Wald, was da so über mir aufragt! Was weiter reicht und tiefer ist, als man gucken kann, was im Innern ganz dunkel ist und höher als jeder Häuserblock, das ist ein Wald. Cool, heim nach Island zu kommen und davon erzählen zu können. Fehlen nur die Tiger und die Menschenfresser, eine Gewehrkugel, die meine rechte Schulter durchschlägt. Dann wird sich Gunnhildur wachsbleich auf die Lippen beißen und sagen: »Verlass mich nie wieder!« – Wir aber sind jetzt im Wald.

Wo mag er wohl jemals enden?

Björn: »Wenn wir drei Tage lang stramm geradeaus marschieren, kommen wir ans Meer, aber wenn wir uns nach rechts halten, treffen wir nach zwei Tagen auf Kannibalen. Und wenn wir mit denen fertig geworden sind, erwarten uns die Trolle oder die geflügelten Pferde. Das weiß ich nicht mehr so genau.«

»Wir sollten nicht nach rechts gehen«, wendet Erik ein. Es sind seine ersten Worte, seit sie bei mir aufgekreuzt sind und mich zu dieser Reise überredet haben.

»Und wenn wir nach links gehen?«, frage ich.

»Davon will ich lieber nicht reden«, antwortet Björn. »Es ist zu schrecklich.«

»Mir ist ganz gleich, wo wir langgehen«, sage ich. »In Island gibt es zwar keine Wälder, aber viele Trolle. Sie haben die Bäume aufgefressen. Wenn man bei uns auf einen Berg steigt und eine von Trollen behauste Stätte findet, dann sind allein ihre Beine so hoch wie hier die Bäume. Ihre Köpfe kannst du überhaupt nicht sehen. Die sind so weit oben, dass sie in den Wolken verschwunden sind. Manchmal knallt ein Flugzeug gegen einen Trollschädel und zerschellt.«

»Wahnsinn, Mann«, sagt Björn.

Wir gehen weiter. Einfach der Nase nach. Das Blätterdach ist an manchen Stellen so dicht, dass das Licht grün anläuft. Hier und da fallen aber auch Sonnenstrahlen zwischen den Bäumen hindurch. Sie sind wie Stränge oder Leitern, auf denen man geradewegs in den Himmel klettern könnte. Man würde nur seine Schuhe unten auf dem Waldboden zurücklassen, die braucht man schließlich nicht im blauen Himmel, also kann man sie auch gleich als Wegweiser stehen lassen. Opa würde sie finden. Er würde sich über sie beugen und sagen: »Aha, von hier ist er aufgestiegen. Er ist an den Sonnenstrahlen in den Himmel geklettert.« Und dann käme Großvater mir nach. Aber pass auf, Opa, dass du nicht fällst!

Wir sind inzwischen tiefer in den Wald hineingewandert, als isländische Wörter reichen, und von daher besteht kaum Aussicht, dass ich das Folgende angemessen beschreiben könnte. Wir haben Mundvorrat dabei und der Laubhimmel beschirmt uns. Ich trage eine Packung Kekse und ein Glas Nussnougat-Brotaufstrich, die ich beide von Oma stibitzt habe. In Island gibt es keine Nussnougatcrème und wenn ich einmal nach Hause fahre – in unglaublich ferner Zukunft, wenn es Herbst wird und vieles zu sterben beginnt –, dann werde ich einige Gläser davon mitnehmen und von einem den Deckel abschrauben und sagen: »Gunnhildur, was mein ist, ist auch dein«, und wir werden für den Rest unserer Tage glücklich sein.

Björn fischt den Vorrat der Brüder aus dem Beutel: zwei Zwiebeln, eine Möhre, fünf Scheiben Brot, eine Tube Senf, eine halbe Apfelsine und eine rohe Kartoffel. Wir fangen an zu mampfen, Senf oder Nussnougatcrème auf

Brot. Björn isst die Zwiebeln wie Äpfel und der Laubhimmel ist über uns. Es raschelt im Himmel, wenn die Affen unterwegs sind. Dann kommt ein wilder Löwe angesprungen, irre Mordlust glitzert in seinen Augen. Björn und Erik schreien auf, besinnungslos vor Angst, ich aber springe auf, ziehe mein Messer und rufe: »Numa, schon zu lange hast du den Tieren des Waldes Schrecken eingejagt. Heute Abend verspeisen die Ameisen die Reste deines Kadavers.« Dann kämpfe ich mit dem Löwen, es ist ein gewaltiges Ringen, die Erde bebt, die Affen kreischen, und gerade in dem Augenblick, in dem ich das Herz des Löwen mit meinem Dolch durchbohren will, sagt Björn: »Iih, was für ein ekliges Vieh sitzt da auf deiner Schulter?!«

Es stimmt. Ich schiele zur Seite und erblicke das widerlichste Vieh, das man sich vorstellen kann, schwarz, mit grünen Augen und Fühlern, die sicherlich giftig sind. Kein Vergnügen, einen tödlich giftigen Käfer auf seiner Schulter zu entdecken, aber ich kenne keine Furcht, Tarzan und Flinker Hirsch sind meine Freunde, gerade erst habe ich mit einem Löwen gekämpft, nichts in der Welt kann mich aus dem Gleichgewicht bringen, außer vielleicht Gunnhildurs Augen. In aller Ruhe schnipse ich mir das tödliche Insekt von der Schulter.

»Wow, das war cool«, sagt Björn und beißt in die Kartoffel. »Cool«, stimmt Erik zu. Ich spucke über die Schulter aus. Dann erzähle ich ihnen von einem Jungen, den ich kenne und der alle möglichen Tiere auf seinem Körper mit sich herumträgt: Mäuse und Regenwürmer in den Hosentaschen, einen Frosch unter der Mütze, einen Laufkäfer im Ärmel und sogar eine Spinne. Finnur heißt er und behauptet, es mache Spaß, das Viehzeug den Arm hinauf und das Bein hinunter krabbeln zu lassen.

»Krass«, sagt Björn. »Das sollten wir ausprobieren.«

Und das tun wir. Wir setzen Erik einen Käfer auf die Haut. Es macht ihm nichts aus, er lacht sogar, als ihn die winzigen Füßchen kitzeln. Aber als Björn eine Spinne fängt und sie ihm hinten in den Halsausschnitt fallen lässt, fängt Erik an zu kreischen, denn Käfer und Ameisen sind eine Sache, eine Spinne aber eine ganz andere. Er brüllt, springt herum, wirft sich zu Boden und wälzt sich, um die Spinne loszuwerden. Anfangs ist es ziemlich komisch; erst als sein Schreien verzweifelt klingt und in Schluchzen übergeht, stehen Björn und ich auf, um ihm zu helfen. Das ist gar nicht so einfach. Er will nichts mehr von uns wissen, schlägt um sich, beißt und strampelt. Endlich können wir ihn festhalten und ihm das T-Shirt ausziehen. Da ist die Spinne ein ekliger Klumpen Brei auf seinem Rücken. Björn wischt ihn weg. Vor wenigen Minuten war die Welt noch schön, die Sonnenstrahlen waren Stränge und Leitern, die durch den Laubhimmel brachen, aber jetzt ist das alles verschwunden, und nur ein weinender kleiner Junge bleibt am Waldboden zurück. Björn setzt sich zu ihm und sagt: »Tut mir leid«, aber Erik will nichts hören. Ich mache ihm das Angebot, mich hart auf den Hintern plumpsen zu lassen. Ich plumpse hart auf meinen Hintern. Ich biete ihm an, gegen einen Baum zu laufen. Ich laufe gegen einen Baum. Ich schlage vor, Erde zu essen. Ich esse Erde. Grabe die Finger in den Boden, packe eine Handvoll Walderde.

»Guck mal, Erik!«, ruft Björn. Ein verheultes Auge wird sichtbar. Ich stopfe mir die Erde in den Mund. Schmeckt ganz gut, und wenn nicht, denke ich eben an die Brotsuppe meiner Stiefmutter, an der kein Weg vorbeiführt, obwohl sie widerlich schmeckt und man sich vor jedem Löffel ekelt. Ich denke auch an ihr Seehundfleisch oder an den Trockenfisch jeden Donnerstag, ja, ich kaue auf einer Handvoll Waldboden mit Ameisen darin und denke an all die Gerichte von Stiefmutter, die mich unglücklich machen. Erik steht trotzdem nicht auf, sein schmächtiger Leib fängt schon wieder an zu zittern. Da hole ich tief Luft und sage: »Dann verschlucke ich eben eine Spinne.«

»Das traust du dich nicht«, wird da in den Waldboden gemurmelt.

Ich: »Los, Björn, man reiche mir eine Spinne!«

Björn begibt sich auf die Suche nach einer Spinne. Es ist nicht besonders schwierig, der Wald wimmelt von ihnen, in allen Größen und Arten, kleine und große, dicke und dünne, mit kurzen Haaren oder dichtem Pelz. Björn rupft eine aus ihrem Netz, sie ist vielleicht ein bisschen dick, aber zum Glück nicht allzu groß, und ich danke Björn ohne Worte.

»Hier«, sagt er, und ich packe das Biest mit Daumen und Zeigefinger am Leib. Die Beine zappeln. Erik setzt sich auf und schaut mit zwei geweiteten roten Augen die Spinne an. Schweigen im Wald. Stille am Himmel.

»Du musst sie nicht unbedingt essen«, sagt Erik kleinlaut.

»Und ob«, meint Björn.

Keiner von ihnen wendet den Blick von dem zappelnden Biest zwischen meinen Fingern. An Stiefmutters Brotsuppe zu denken, hilft jetzt nicht mehr. Darum konzentriere ich mich auf das Essen, das es in ihrer Gegend weit oben im Norden gibt, aber selbst wabbeliger Seehundspeck oder glänzende, gallertartige Augen aus einem gekochten Schafschädel erscheinen mir in dem Moment als Leckerbissen. Es bleibt nur noch ein Ausweg: Rein und weg mit der Spinne! Ich stopfe sie mir in den Mund, klemme sie zwischen den Zähnen fest und schließe die Lippen darüber. Aber ich bringe es nicht über mich, zuzubeißen. Da kommt sie aus der Klemme frei und krabbelt mir wild in der Mundhöhle herum – acht zappelnde Beine. Ich schlucke, ohne weiter nachzudenken.

»Nur von einer Spinne wird man nicht satt«, sage ich.

Wenig später hocken wir splitterfasernackt auf unseren Kleidern. Das ist sicherer so, sonst können einem Ameisen in den Po krabbeln.

Erik: »Glaubst du, die Spinne krabbelt bald hinten raus?«

Björn: »Du spinnst doch! Die ist mausetot in seinem Magen.«

Ich: »Scheißmausetot.«

Björn: »Das war echt cool.«

Erik: »Ja, echt cool.«

Ich: »Es gibt so das Eine oder Andere, das man einfach mal tun muss. Sonst bleibt man sein Leben lang ein Baby und kriegt nie Haare auf der Brust.«

Björn: »Oder unter den Armen. Und ein Bart wächst einem auch nicht.«

Ich: »Stellt euch mal vor, mir würde schon im Herbst ein Bart wachsen, noch ehe ich nach Hause fliege! Dann dürfte ich sogar Auto fahren und so.«

Björn: »Ja, das muss man sich vorstellen, überall Haare. Und Auto fahren!«

Erik: »Papa hat überall Haare und das sieht aus, als wenn er immer ein bisschen schmutzig wäre. Außerdem hat er einen großen Pimmel. Das sieht vielleicht hässlich aus!«

Björn: »Stimmt auch wieder.«

Ich: »Ja, genau. Ich habe mal Großvaters Pimmel gesehen, der ist hässlich, und Papas auch. Sie sehen aus wie dicker Nasenpopel oder fette Würmer.«

Björn: »Hoffentlich bekomme ich nie Haare auf der Brust, hoffentlich kriege ich nie einen Bart, und hoffentlich muss ich nie ein Mädchen küssen.«

Erik: »Bloß nicht!«

Ich schaue betreten zu Boden. Dann beichte ich, was lange mein ganzer Stolz war, meine Auszeichnung in der Jungenclique; jetzt ist es eine unauslöschliche Schande, ein Mal, das nichts jemals wieder ausbrennen kann: Ich habe einmal ein Mädchen geküsst! Es saß auf den Stufen vor dem Klassenzimmer. Spät am Nachmittag. Es war Winter und ich küsste sie.

»Und wie war das?«, fragt Björn.

»Lieber jeden Tag eine Spinne verdrücken«, antworte ich. »Es ist das Schrecklichste von allem. Wie Schleim zu küssen oder eine uralte Tante mit kaputten Zähnen und Rissen in den Mundwinkeln.«

Die Brüder schütteln sich. Wir drei sitzen da, dicht nebeneinander, nackt, und der grüne Laubhimmel wölbt sich über uns, aber ich bin traurig wie Regen im Oktober. Da klopft mir Erik aufmunternd auf die Schulter, Björn auch, und alles wird wieder gut. Ich sitze bei ihnen, wir sind drei Jungen und so soll es immer bleiben.

Björn: »Was meinst du mit so?«

Ich: »Na ja, so wie jetzt, immer zusammen, nie erwachsen, einfach nur Jungen.«

Björn: »Ohne Behaarung.«

Erik: »Nicht mit großem Pimmel.«

Ich: »Nicht mit alten, gelben Zehennägeln.«

Björn: »Und wir brauchen nie Mädchen zu küssen und zu heiraten. Stellt euch mal vor, mit einem Mädchen zusammenzuwohnen, grauenhaft!«

Erik: »Grauenhaft!«

Ich: »Ich habe davon gehört, dass es Männer gibt, die alles zusammen machen. Sie waschen gemeinsam ab, sie gehen zusammen einkaufen, sie schlafen im gleichen Bett und sie hängen ihre Wäsche Stück für Stück nebeneinander an die Wäscheleine. Auf Isländisch heißen sie *Hommi*.«

Die Brüder wälzen das Wort auf der Zunge, als seien sie beim Geschmackstest in einer Süßwarenfabrik. Dann erklärt Björn: »Ich glaube, es wäre cool, ein *Hommi* zu sein.«

Erik: »Echt cool.«

Wir befinden uns in einem Wald, über uns der norwegische Himmel, alles ist gut, kein Wölkchen zu sehen, nirgends dunkle Schatten, alles eine einzige Pracht, denn hier sitzen wir: drei Jungen.

Björn: »Erwachsen zu werden ist das Schlimmste von allem. Es ist viel schlimmer als alles andere; schlimmer als sein Zimmer aufzuräumen. Man hört auf zu spielen und verbietet alles.«

Erik: »Jawohl, man verbietet alles.«

Ich: »Nie will ich erwachsen werden!«

Björn: »Ich auch nicht.«

Erik: »Ich auch nicht.«

Damit ist es beschlossene Sache. Wir werden nie mehr zurückkehren, sondern ewig hier bleiben, im Wald. Er wird unser Zuhause. Der Wald ist so groß und dicht, dass uns die Zeit niemals finden wird.

Erik: »Was sollen wir denn essen?«

»Kein Problem«, sage ich, »wir machen es wie meine Freunde Tarzan und Flinker Hirsch, wir jagen Tiere und graben Wurzeln aus und solches Zeug. Stellt euch mal vor: Wir brauchen nie wieder früh ins Bett zu gehen, nie wieder aufräumen und so was alles.«

Björn: »Ja, genau.«

Erik: »Genau.«

Wir sind nackt. Wir wandern durch den Wald. An einigen Stellen fallen die Sonnenstrahlen so dicht ein, dass man wie unter einer Dusche steht. Einer warmen Dusche, und wir beschmeißen uns mit Licht. Bald wird der Mond aufgehen. Seine Strahlen werden genauso zwischen die Bäume fallen, aber der Mond ist wie kaltes Wasser, er ist eine kalte Dusche. Unser Proviant ist aufgegessen. Wir haben Hunger. Bald kommt der Abend. Es wird schon dunkel. Bald bricht die Nacht herein, und der Wald wird sich mit Finsternis füllen. Wir setzen uns.

»Schon ein bisschen traurig, Papa nie wiederzusehen«, stellt Erik fest.

»Vielleicht kann er uns ja ab und zu mal besuchen kommen«, sage ich nachdenklich.

»Na gut, ab und zu«, willigt Björn ein.

»Darf er dann etwas zum Auseinandernehmen mitbringen?«

Björn: »Ja, und Weihnachten darf ihn Mama begleiten.«

Ich werde Gunnhildur nie wiedersehen. Darüber bin ich ein wenig betrübt. Es knackt im Herzen.

»Wird bald dunkel«, bemerkt Björn und im gleichen Moment scheint es, als würde die Sonne matter, so als würde sich das Licht allmählich aus dem Wald zurückziehen und als würden nur noch die Dunkelheit und wir zurückbleiben. Es raschelt im Laubhimmel. Der Abend naht mit Mond und Sternen; ihm folgen Geister und Räuber, die böse lachen.

Björn: »Und dann kommt der Winter.«

Und dann kommt der Winter. Das Laub fällt von den Bäumen, die wehrlos gegen die Kälte ihre kahlen Äste recken. Vielleicht ist es dann nicht mehr schön, vielleicht bleiben dann nur ein eiskalter Himmel, starrende Sterne und frostharte Erde übrig und man hört nichts außer Eriks leisem Schluchzen. Ich habe nicht vor, zu heulen. Doch, bestimmt heulst du auch irgendwann, du bist noch so klein und außerdem werden hungrige Wölfe kommen.

Ja, wahrscheinlich ist es doch besser, umzukehren. Es ist schade, aber etwas Unerbittliches und Gnadenloses scheucht uns aus dem Wald und sobald zwischen den Bäumen die ersten Häuser sichtbar werden, setzt die Zeit wieder ein. Wir spüren es nur allzu deutlich. Nicht die, die aus dem Morgen Abend werden lässt, sondern die, die auf den Körper einwirkt. Wir bleiben noch einmal stehen und versprechen uns gegenseitig, alles zu tun, was in unserer Macht steht, um niemals groß zu werden, wir geloben, niemals erwachsene Männer mit Schlips und ernsten Mienen zu werden, und wer von uns diesen Schwur bricht, der soll allein in den Wald gehen, tief, tief hinein, und sich nicht umwenden. Und wenn er ganz, ganz tief in den Wald hineingegangen ist, soll er giftige Pilze essen und daran sterben.

Ja, dann stirbt er und wird aufs Neue zu einem Jungen.

Die Gefahr rückt mir auf den Leib

Nacht.

Die Spinne kommt unter dem Bett hervor und krabbelt in meine Träume. Sie ist viel zu groß. Außerdem hat sie Fühler und Greifzangen. Voller Angst versuche ich sie auszusperren: schwere Stahltüren, strahlender Sonnenschein, freundliche Trolle, Tarzan und Flinker Hirsch, aber alles wird sofort zu Rauch, den der Wind davonweht; dann blickt sie mich an und sie hat keine freundlichen Augen. Glaubst du vielleicht, du könntest ungestraft meine kleine Nichte verschlucken? Das schwarze Maul verzieht sich, doch ihre Stimme klingt weich, fast erschreckend zart. Die dicken, borstigen Haare auf ihrem aufgedunsenen Leib zittern. Weißt du, was jetzt als Nächstes geschieht? Ich kann es dir sagen. Ich werde dir sagen, was als Nächstes passiert. Meine kleine Nichte wächst und wächst in dir, sie wird immer größer, bald wird sie so dick wie ein Fußball sein und am Ende ist sie genauso groß wie ich. Du siehst wohl, dass ich größer bin als du. Was glaubst du, was dann mit dir passiert?

Großvater, ich und eine hundert Prozent tote Spinne

Frühmorgens.

Großvater trinkt in der Küche Kaffee. Großvater toastet Brot. Großmutter schläft noch, meine Schwester auch. Todsicher. Alles ist still. Kein Auto draußen unterwegs, keine Stimme zu hören. Es ist noch so früh am Morgen, dass Großvater vermutlich allein auf der Welt ist, Kaffee im Becher, Toast auf dem Teller, die Brille auf dem Tisch. Da betrete ich die Küche und damit nimmt die Weltbevölkerung beträchtlich zu. Jetzt gibt es Großvater, mich und eine größer werdende Spinne in meinem Bauch.

»Opa, glaubst du, es ist gefährlich, eine Spinne zu verschlucken?«

»Das kommt ganz darauf an«, sagt Großvater. »Das muss gründlich bedacht werden. Schmier du mir meine Butterbrote, während ich mal über die Sache nachdenke!«

Großvater setzt die Brille auf und denkt nach, während ich ihm die Brote schmiere und sie mit Ziegenkäse belege. Aus irgendeinem Grund kann Großvater es nicht ausstehen, sich selbst das Pausenbrot für die Arbeit zu machen. Normalerweise erledigt Großmutter das am Vorabend, es sei denn, sie und Großvater sind wegen irgendwas uneins, etwa darüber, was man mit einem Jungen machen soll, der eine Packung Kekse und ein Glas Nussnougatcrème klaut, dann einen ganzen Tag lang verschwindet und erst am Abend wieder auftaucht. Ich belege ihm die Brote, Großvater denkt. Er schenkt sich Kaffee nach und denkt weiter. Hm. Einmal hat er versucht, meine Schwester zu wecken, damit sie ihm die Brote schmiert – manchmal kann er ein unverbesserlicher Optimist sein. Es wäre realistischer und leichter gewesen, einen Toten zum Leben zu erwecken. Großvater denkt nach.

»Hast du tatsächlich eine Spinne in deinem Bauch, Junge?«

Ich schlucke. »Wenn ich eine im Magen hätte, könnte sie dann wachsen und wachsen und größer werden als ich selbst, mich am Ende in Stücke zerreißen und ich würde sterben?«

»Sind die Brote fertig? Gut, dann komm mit mir nach draußen in den Schuppen! Bei so etwas muss man gründlich sein, da taugen keine halben Sachen. Komm und sei leise!«

Im Schuppen. Großvater wühlt in irgendwelchen Sachen herum. Auf einmal hält er eine Flasche Schnaps in der Hand. Er sagt, ich solle mich setzen. Er setzt sich auch. Dann gießt er Schnaps in zwei Gläser, ein kleines Schlückchen für mich, ein etwas größeres für sich.

»Opa, so früh am Morgen schon Schnaps? Du musst doch gleich zur Arbeit!«

»Trink!«, kommandiert Großvater. »Aber vorsichtig, als ob es brühheiß wäre.«

Ich trinke, ganz vorsichtig. Ein Feuerstrahl schießt durch meinen Mund bis in den Magen. Ich huste, mir steigen Tränen in die Augen.

»Noch mal«, sagt Großvater, »und jetzt ein bisschen mehr.«

Ich trinke wieder, ein bisschen mehr. Erneut der Feuerstrahl bis in den Bauch und diesmal steigt er auch in den Kopf. Es fühlt sich fast so an, als würde die Schädeldecke abheben.

Großvater: »So, das reicht. Jetzt ist sie hinüber. Hundert Prozent tot.«

Ich sitze ihm gegenüber mit einer hundertprozentig toten Spinne im Bauch. Großvater kennt sich mit vielen Dingen aus.

»Opa, du hättest Medizinmann werden sollen oder Soziologe.«

Er genehmigt sich noch einen. Strahlend schaut er mich an: »Deiner Großmutter erzählst du kein Sterbenswörtchen davon, sonst gibt es Ärger! Dann sind wir geliefert. Das bleibt zwischen uns.«

»Na klar, Opa. Hundert Prozent.«

»Ach, verdammt noch mal!«, sagt er nach einer Weile.

»Was ist denn?«, frage ich.

»Du hättest mich früher mal sehen sollen, Junge! Da hatte ich weder Glatze noch Wampe, zum Teufel! Da konnte mich nichts aufhalten. Vielleicht ist das hier ja alles Blödsinn: Malerpinsel, Garten, Einfamilienhaus. Vielleicht hätte ich doch besser zur See fahren sollen, über die blinkenden und glitzernden Meere. Oh Mann, hier ein Kuss, da eine Umarmung, dort noch ein nettes Baströckchen, ein bequemes Leben, und dann wieder das Meer …«

»Ich glaube, Oma hätte das nicht gefallen.«

»Deiner Großmutter? Nein. Die ist aus Eisen, ein verdammtes Stück Stahl! Kannst du dir deine Oma vorstellen, wie sie in einem Baströckchen herumwackelt? Wie? Da lachst du. Ein verdammtes Stück Stahl. Die Andern aber, die ich früher gekannt habe, die ich bei einem Tänzchen um mich herumgewirbelt habe, ja, mein Junge, die waren weicher. Aus Bambus vielleicht, oder was meinst du? Doch wahrscheinlich Bambus. Du lieber Gott, so voller Leben und weich und schmiegsam! Aber an eines solltest du immer denken: Wenn's mal richtig stürmt, dann kann auch Bambus knicken und sogar weggeweht werden, sein Saft kann auch bitter schmecken, seine Biegsamkeit langweilen. Das ist dann wie in den Sommerferien, wenn man zu lange im Bett bleibt. Aber dieser verdammte Stahl! Tja, mein Junge, irgendwann sollten wir mal bei einer anständigen Flasche zusammensitzen und uns von Mann zu Mann über verschiedene Dinge unterhalten. Vielleicht über Baströcke oder doch besser über Jón Arason und das Meer oder weiß der Teufel was, bloß nicht über die Anstreicherei! Ganz sicher aber über Stahl. Das wäre bestimmt nützlich und es würde uns Spaß machen, dir und mir. Willst du mir das versprechen, einmal mit mir altem Knacker eine ganze Nacht zusammenzusitzen und alles Mögliche zu besprechen? Nur wir zwei, versprichst du mir das?«

»Ja, Opa, das verspreche ich. Und ob ich es verspreche!«

»Gut«, sagt Großvater, »sehr gut. Aber jetzt muss ich zur Arbeit und du musst augenblicklich ins Bad und dir die Zähne putzen. Nimm reichlich Zahnpasta, das übertüncht den Schnapsgeruch. Und dann legst du dich noch mal ins Bett, damit deine Oma nichts merkt.«

»Opa, das wird toll, einmal eine ganze Nacht mit dir zu verbringen. Nur du und ich und das alles.«

Großvater: »Ja, das wird großartig. Etwas Besseres gibt es gar nicht.«

Und dann fielst du von der Leiter. Das war nicht gut, Opa, das war überhaupt nicht gut.

Verschiedenes über die Zeit und über Gunnhildur mit den langen Haaren, schwarz wie der nächtliche Himmel, wundervoll, schrecklich

Ich weiß so manches über die Zeit.

Ich sehe meine Hände altern, das ist die Zeit.

Einmal hat mir mein Großvater von Jón Arason vorgelesen, es war Sommer, und Großvater hat sich so über die Feinde des Bischofs aufgeregt, dass er mit dem Fuß aufstampfte; aber mittlerweile ist Großvater gestorben. Großmutter ebenso. Die aus Stahl war, starken Kaffee trank und selbstgedrehte Zigaretten rauchte. Einstmals war sie ein Kind in einem steilen Fjord, dann verfiel sie zu einer alten Frau in einem fremden Land, verlor das Gedächtnis, wurde dumpf, war nicht mehr aus Stahl, sondern nur noch ein Schatten ihrer selbst, ein Wrack, ein Stück Unrat. Es war die Zeit, die ihr so mitspielte. Irgendwann werde auch ich sterben; jetzt kann ich mir das nicht vorstellen und doch wird die Zeit dafür sorgen. Noch bin ich jung, kaum vierzig, kann noch Treppen laufen und meine Augen sehen gut. Letzte Nacht breitete sich Nordlicht über den Himmel und ich sah eine Sternschnuppe. Ich sah einen Meteor in der Atmosphäre verglühen, ein Staubkorn aus dem All. Morgen werde ich alt sein, keine Treppen mehr steigen können und dann werde ich sterben, in der Zeit verglühen. Wohl selbst kaum mehr als ein Staubkorn, aber trotzdem: Was für ein Feuer! Mein Gott, welche Feuersbrunst! Schon allein all die Erinnerungen: der Wald, durch den ich mit Björn und Erik gewandert bin, die Vorstadt in Norwegen, die Frau mit dem Hund, der Äsop hieß, Großvaters Wolga, die Malerrollen, das Flugzeug, das mich in die Luft hob, das Blau des Himmels, das endlose Meer, das manchmal unter uns aufblinkte, das Viertel, in dem ich aufgewachsen bin, die Linie drei, das Schwimmbad, zwei Lehrer, der Duschraum in der Turnhalle, noch einmal die Linie drei und das Schwimmbad, die vergessene Badehose, der Häuserblock, Söbekk mit der dicken Wampe und sein Kiosk voller himmlischer Leckereien, das Fahrrad, das ich von meiner Tante bekam, Großvaters Schwester, es war rot und hatte einen Gepäckträger, so dass ich mit Gunnhildur hinten drauf in den Sonnenuntergang radeln konnte, Gunnhildur mit den langen Haaren, schwarz wie der nächtliche Himmel, wundervoll und schrecklich, meine Stiefmutter und mein Vater mit der Maurerkelle, der Wasserhahn in der Küche, die Gegend, aus der meine Stiefmutter kam, die Küstenseeschwalbe, die sich auf mich stürzte, Weihnachten und Silvester mit dem Zirkus Billy Smart im Fernsehen, ja, gütiger Himmel, was für ein Feuerwerk, wenn ich einmal in der Zeit verglühen soll mitsamt diesen Erinnerungen und abertausend weiteren! Was für ein lichterlohes Feuer und doch nur ein Streichholz, das im Sturm entfacht wird. Ein winziger Moment. Vielleicht eine Ahnung von Licht. Dann nichts mehr.

Das ist die Zeit. So reich und verschwenderisch ist sie. Und so erbarmungslos.

Gott?

Vereinzelte Erinnerungen.

Eine verworrene Filmrolle, ein Film, der nach dem Zufallsprinzip geschnitten zu sein scheint, der ohne Vorspann losruckelt und abrupt endet.

Ein Sommertag. Oma und Opa, meine Schwester und ich, Großvaters Bruder und seine Frau sitzen am Gartentisch. Ein Lächeln, eine erhobene Hand, Kaffeeduft, Brotduft, Duft nach Leben. Inzwischen sind alle tot, bis auf meine Schwester und mich. Ich begreife nicht, wie es so gekommen ist und warum. Kann mir das jemand erklären?

Da sind Menschen so prall voll Leben wie eine reife Apfelsine, man braucht nur mit einem Finger draufzudrücken und schon quillt der Saft durch die Schale. Da sitzen wir alle im Garten und sind am Leben. Warum geht alles immer weiter und verweilt nicht in diesem goldenen Augenblick? Wer hatte die Idee dazu, wer verwandelte den Einzeller in einen Menschen, der viel zu viel Leben in sich hat, so viele einzelne Erinnerungen? An Licht und Schatten, an glühende Momente. Dann verschwindet alles in der Erde und das Nachleuchten, das anfangs noch bleibt, wird schwächer und verlischt nach wenigen Jahrzehnten. Wer hat sich das ausgedacht und hat vielleicht jemand die Macht, dieses grausame Spiel zu beenden? Ist es nur die Zeit oder steht noch etwas anderes darüber und dahinter, etwas, das sämtliche Bezeichnungen abschüttelt, das die Menschen aber Gott nennen?

Gott, das Synonym für unsere tiefsten Ängste und leuchtendsten Hoffnungen.

Gott. Ja, vielleicht gibt es einen Gott und wir sinken nur in die Finsternis des Todes, um an einem sonnendurchfluteten Morgen wieder zu erwachen, in neuen Strümpfen, Vogelgezwitscher in den Bäumen, Würmer in der Erde und Fliegensummen am Fenster. Kann sein. Doch manchmal wünsche ich mir, irgendetwas könnte den nagenden Zweifel ausräumen, irgendjemand käme mit einem Beweis. Egal welchem. Groß müsste er nicht sein, meinetwegen der allerkleinste, aber natürlich dürfte er auch überwältigend sein. Gott oder Gespenst, eine Stimme in den Wolken, ein Bote mit dem Licht einer anderen Welt in der hohlen Hand.

Wo magst du jetzt sein, Tora mit den Zöpfen?

Manches altert dein ganzes Leben über nicht. Die Kinder in der norwegischen Vorstadt zum Beispiel. Einen Sommer war ich dort, ich kam und fuhr wieder ab. Und dreißig Jahre später sind die meisten von ihnen noch kein bisschen älter geworden. Sie haben sich in meinem Gedächtnis festgesetzt, wie die Welt und meine Sinne sie mich in jenem Sommer wahrnehmen ließen. Manche von ihnen bleiben so lange sieben, zehn oder zwölf Jahre alt, bis irgendwas meinen Lebensfaden durchtrennt und sich mein Bewusstsein auflöst.

Ich sehe nicht alle Kinder gleich deutlich vor mir, viele sind nur undeutliche, flüchtige Bilder: ein Mienenspiel, vielleicht eine Geste, ein Sprint mit dem Ball entlang der Seitenlinie. Am klarsten entsinne ich mich natürlich an die beiden Brüder, Björn und Erik, dann ist da auch Helge, der noch irgendwo an den Rändern dieser widerspenstigen Geschichte herumgeistert. Diese drei sind mir noch so lebhaft vor Augen, dass sie manchmal sogar, wenn ich niese, aus meinem Gedächtnis aufspringen und direkt vor mir zu stehen scheinen. *Hej, gutter!*

Aber ich erinnere mich auch noch an Andere.

So erinnere ich mich an Tora, weil sie Zöpfe hatte, die ihr weit über den Rücken hinabhingen, und einmal sind wir zusammen einkaufen gegangen. Ganz zufällig, glauben wir, aber sicher steckt die Macht des Schicksals dahinter, und schon bald fühlt es sich so an, als seien wir ein Paar.

»Jetzt gehen wir schon so lange zusammen«, meint Tora, »dass wir heiraten müssen, wenn wir einmal groß sind.«

»Bist du sehr fürs Küssen?«, frage ich.

»Spinnst du?«, fragt sie zurück.

»Hast du was dagegen, in Tüten zu pupsen?«

»Nein«, antwortet sie. »Gestern Abend habe ich dreimal unter der Bettdecke gepupst.«

»Hat bestimmt Spaß gemacht«, sage ich.

»Ja, aber du darfst es keinem sagen.«

»Natürlich nicht.«

»Du darfst meine Zöpfe anfassen.«

Ich fasse ihre Zöpfe an. Ich ziehe ein ganz klein wenig daran und da sind wir so gut wie verheiratet. Tora meint, es sei ganz klar, dass sie einmal Ärztin oder Skiweltmeisterin werden wolle. Ich will Held werden und viele Menschenleben retten. Ich denke ein bisschen an Gunnhildur – ich bin nicht sicher, ob sie Tora gefallen würde, vielleicht würde sie ihr einen mit dem Ski überbraten und mir auch. Aber bestimmt ist es nicht das Gleiche, ein Junge in Norwegen und ein Junge in Reykjavík zu sein, nein, es sind wahrscheinlich zwei verschiedene Leben. Am Tag meiner Abreise, es lag ein wenig Herbst in der Luft, habe ich mich von Tora ganz besonders verabschiedet.

»Ich fahre jetzt«, sagte ich. Tora fragte, ob ich noch einmal an ihren Zöpfen ziehen wolle. Ich zog noch einmal daran.

»Du bist der Einzige, der an ihnen ziehen darf.«

»Ich weiß.«

»Leb wohl, mein Ehemann.«

Und ich reiste ab. Seitdem wuchs jeder von uns in seinem Land heran und ein lebensgefährlicher Ozean lag zwischen uns. Wo magst du jetzt sein, Tora mit den Zöpfen?

An Sigfred erinnere ich mich noch, weil er Sänger werden wollte.

Sigfred hat die größten Schneidezähne, die ich je gesehen habe. Sie sind so groß, dass selbst kleine Kinder darüber staunen. Wo immer er geht und steht, summt er vor sich hin, und eines Tages, es ist noch zu Beginn des Sommers, sagt er zu mir: »Du darfst mich auf dem Klavier begleiten.«

Ich freue mich darüber, denn alle sind überzeugt, dass Sigfreds Sängerruhm noch weit über unser Viertel hinaus dringen wird. Er ist der zweitbeliebteste Junge – bei den Mädchen, heißt das – und für Tora mit den Zöpfen ist es nicht schlecht, mit einem Pianisten verheiratet zu sein, der einen weltberühmten Solisten begleitet.

Der beliebteste Junge des ganzen Viertels, und zwar bei Mädchen wie Jungen, ist natürlich Arne. Nicht weil er schon zwölf ist, sondern weil Arne einfach klasse ist.

Beispielsweise habe ich gerade erst, na, sagen wir, zwei Wochen Sigfred am Flügel begleitet, da sagt Arne: »Pianist! Nur glatzköpfige alte Knacker spielen Klavier. Das ist doch albern. Und nur lächerliche Sänger brauchen Klavierbegleitung. Ein anständiger Sänger braucht vor allem einen Gitarristen. Werde besser Gitarrist!« Und im Handumdrehen verwandelte sich Toras Mann von einem gesetzten Pianisten, der abends früh nach Hause kommt und Fleischklopse in brauner Soße mampft, in einen Wilden an der Gitarre, der erst mitten in der Nacht nach Hause kommt und Pommes frites und Eis verschlingt. Mann, der Arne! Wenn man ihm nur ein klein wenig ähnlich gewesen wäre, nur ein winziges bisschen, aber das ist es ja gerade: niemand ist so wie Arne. Er ist einzigartig. Er ist der Beste im Fußball, aber darauf kommt es gar nicht so sehr an. Er ist unwahrscheinlich stark und fit. Er kann den ganzen Tag rennen, ohne ins Schnaufen zu kommen, aber das ist nicht das Entscheidende. Er hat langes Haar, das irgendwie so lässig herumschlenkert, aber auch darauf kommt es nicht an, denn Arne ist einfach cool. So verdammt cool, dass alle so sein wollen wie er. Außer Helge natürlich. Alle wollen wir so eine lange Matte wie er, aber die Mutter der Brüder sorgt dafür, dass dieser Traum niemals in Erfüllung geht. Sämtliche Mütter der Straße, die wie ein liegendes *T* geformt ist, gehen ohne Rücksicht auf Verluste mit ihren Söhnen zu ihr, sobald das geringste Wallen in die Haare kommt. Sämtliche Jungen müssen die Haare kurz tragen, nur Arne nicht, denn der ist so cool. Die Mädchen sehen ihm schwärmend nach und wir Jungen denken am Morgen nach dem Aufwachen als Erstes: Wird Arne heute mit mir reden? Werde ich heute sein Freund sein? Arne beginnt nämlich so manchen Tag damit, zwei oder drei Jungen zu bestimmen, die ihm bis zum Sonnenuntergang das Geleit geben dürfen. Es ist keine geringe Auszeichnung, zu den Auserwählten zu gehören. Und in aller Bescheidenheit darf ich sagen, dass Arne mich schon mehrfach ausgewählt hat, zweifellos weil ich aus Island komme; ich sonne mich im Glanz der Ferne.

Einmal lädt er die Brüder und mich zu einer Spritztour in einem Schlauchboot ein. Arne hält die Pinne des Außenborders, sein Haar flattert im Wind, und wir schießen – Mann o Mann! – nur so übers Wasser.

»Das ist der Wahnsinn!«, brüllt Björn, und er hat absolut Recht. Dann legen wir an und gehen zum Kiosk oberhalb des Bootsstegs. Arne gibt einen aus – er ist so cool, er hat manchmal sogar Geld in der Tasche.

»Hier, Isländer!« (Arne nennt mich immer Isländer.) »Hier Björn! Wo ist denn dein Bruder?«

Da erst bemerken wir, dass Erik fehlt. Björn und ich werden bleich und zum ersten Mal im Leben lassen wir Arne einfach stehen und rennen los. Wir sind so außer uns, dass wir sogar die Süßigkeiten unterwegs einfach wegwerfen, um noch schneller laufen zu können, und vielleicht bin ich weder vorher noch danach jemals so schnell gerannt – außer vielleicht das eine Mal, als mich im Westen Islands ein Stier quer über seine Weide hetzte, das war so, als wäre mir der Tod schnaubend auf den Fersen, die Erde dröhnte unter dem Gewicht des Viehs, ich war schnell genug, schlug den isländischen Landesrekord, den Rekord aller nordischen Länder, den Weltrekord, erreichte den rettenden Graben und sprang hinüber –, doch obwohl Björn und ich so schnell laufen wie der Wind, sind wir diesmal nicht schnell genug. Erik hatte einen Schraubenzieher und einen Engländer in der Tasche und der Motor ist schon weitgehend zerlegt. Er und das Schlauchboot sind ölverschmiert und Arne kommt die Böschung herab. Ein zerlegter Motor, ein näher kommender Arne und auf einmal hängt der Himmel unangenehm tief über uns.

Die Welt ist erfüllt von Arnes Zorn, da betritt Helge den Schauplatz der Geschichte

Der Tag danach.

Ich stecke hinter dem Haus.

Bäume und Büsche sind erfüllt von Arnes Zorn, vereist von seinem Toben. Ich bin verstoßen, die Gitarre ist zertrümmert, Toras Zöpfe sind abgeschnitten, Gunnhildurs Augen haben ihren Glanz verloren. Nichts und niemand kann mich retten. Nicht einmal Tarzan und Flinker Hirsch.

Nein, nicht einmal diese beiden. Dabei befinden sie sich in Norwegen, vor drei Tagen saßen sie plötzlich auf meinem Bett und ich war so froh, dass es in meiner Brust mehrere dumpfe Explosionen gab. Jetzt aber fliehen sie den Zorn des Helden Arne, fliehen tief in die Wälder Afrikas und Amerikas, dorthin, wo es nur noch Tiere und uralte Zeiten gibt.

Ich gehe im Garten auf und ab.

Runde um Runde.

Hoffentlich sehe ich diese Brüder nie wieder, hoffentlich schießt sie das Leben auf den Mond, besonders Erik! Aber was denke ich überhaupt an sie, ich kenne sie gar nicht, habe nie von ihnen gehört. Wenn ich rückwärts gehen könnte, etwa zwei Tage, dann würde sich der gestrige Tag auflösen, dann hätte niemand einen Bootsmotor auseinander genommen, dann wäre die Welt nicht erfüllt von Arnes Zorn. Seine Wut ist schlimmer als ein Wirbelsturm, kälter als dreißig Grad Frost, schwerer zu ertragen als ein Topf voll Brotsuppe, den man komplett leer essen muss. Am liebsten würde ich tot umfallen, mausetot, jawohl mausemausetot. Tod und Teufel, mit Freuden würde ich sterben, denn dann würde Arne sicher seine Wut bereuen, Gunnhildur würde weinen, ein ganzes Meer voll Tränen, und auf seinem Grund würden zwei Augen leuchten, Tarzan und Flinker Hirsch würden aus den Wäldern kommen, der Elefant Tantor würde vor lauter Trauer einen ganzen Urwaldriesen ausreißen und meine Stiefmutter würde es bitter bereuen, dass sie mir Brotsuppe und Trockenfisch zu essen gegeben hat. Alle wären todtraurig und sogar Söbekk müsste sich schnäuzen. Ganz bestimmt würde ich hier im Garten sterben, wenn die Spinne nicht wäre, die unter dem Bett lauert, denn vielleicht bedeutet der Tod, niemals von ihr loszukommen.

Ich gehe Runde um Runde und denke ans Sterben.

Ich bin gerade ziemlich aufgewühlt, als eine dünne Stimme sagt:

»Ich weiß, dass die Hälfte aller Isländer in Reykjavík und Umgebung lebt. Kommst du auch von dort oder bist du vom Lande, von wo immer mehr Menschen abwandern? Kannst du mir etwas von Island erzählen, das ich noch nicht weiß?«

Ich drehe mich um. Da steht Helge. So beginnt unsere Bekanntschaft.

Hier beginnt meine Vorstellung von Helge ...

Helge: nein, keinerlei Erziehung. Sein Vater ist Denker. Olav heißt er und ergründet die Tiefe der Menschen, der Zeit und der Religionen, er sucht etwas Wichtiges, hat aber Probleme, es zu finden. Olav hat Bücher geschrieben, über den Zweifel, über die Suche, doch davon wollen wir hier nicht reden. Seine Frau, Helges Mutter, ist tot. Helge wurde geboren, sie starb – so war das.

Helge: nein, keinerlei Erziehung. Olav hat über so vieles nachgedacht, er weiß viel, aber er hat nicht die geringste Ahnung von Erziehung, weiß nicht, wie man all die Vorurteile, die ungeschriebenen Regeln und all das umgeht, was die Menschen einander gleich macht. Deswegen lässt Olav jegliche Form von Erziehung beiseite.

Na ja, ein paar Dinge vermittelte er seinem Sohn schon. Solche, die er nach gründlichem Abwägen und dem Betrachten aus sämtlichen Blickwinkeln für ewige und unveränderliche Wahrheiten hielt. Er brachte Helge Lesen bei, das lernte der unwahrscheinlich schnell, der Junge war blitzgescheit. Mit vier konnte er fließend lesen, mit fünf verlor er jegliches Interesse an normalen Kinderbüchern, mit sechs hatte er sämtliche Sachbücher für Zwölfjährige durch und machte sich von allein über Olavs Privatbibliothek von sechstausend Bänden her. Das muss ein Anblick gewesen sein, den kleinen Knirps mit einem Fünfhundert-Seiten-Wälzer über das Weltall und das Sonnensystem oder mit einer Schwarte über die Geschichte des Römischen Reiches auf dem Fußboden liegen zu sehen. Olav vergaß nicht, seinem Sohn einzuprägen, dass die Geschichte immer von den Siegern geschrieben werde, nie ein vollständiges Bild der Ereignisse liefere und meist verfälscht sei. Er sagte ihm, mit der Wahrheit verhalte es sich wohl ähnlich wie mit der Luft: Man fühle sie auf der Haut, sie umgebe einen und doch könne man sie nie greifen. Ansonsten blieb Helge sich selbst überlassen. Olav gab ihm zu essen und strich ihm nachts übers Haar, wenn die Ungeheuer aus den Tiefen des Seelenlebens aufsteigen.

Großvater ist Olavs bester Freund, sein Vertrauter und sein Ratgeber. Olav sagte oft zu meinem Großvater: »Du bist mein bester Freund auf der ganzen Welt«, und damit meinte er: auf diesem fünf Milliarden Jahre alten Himmelskörper, der durch das dunkle Weltall schwebt mit seinen Ozeanen und Gebirgen, mit Menschen auf dem Boden, Vögeln in der Luft und Würmern im Erdreich. Großvater hatte aber auch vieles, das einen für ihn einnahm. Wenige können so gut zuhören wie er und seine wohlwollende Anteilnahme kann selbst jemanden, der an Depressionen leidet, optimistisch in die Zukunft blicken lassen. Großmutter sagt, Großvaters Anteilnahme gehe manchmal bis zur Sentimentalität.

… und hier endet sie

Helge: nein, keinerlei Erziehung, ohne elterlichen Beistand pflügte er sich durch die Wissenschaften und die Geschichte der Menschheit und jetzt steht er hier vor mir. Es ist ungefähr drei Wochen her, seit ich aus der Bläue des Himmels zur Erde herunterkam, und er hat abgewartet, bis ich so weit Norwegisch gelernt habe, dass es keine Zeitverschwendung mehr ist, sich mit mir zu unterhalten. Hier also stehe ich und da Helge. Wir sind fast gleich alt. Er ist gerade mal vier Monate älter als ich, doch eher klein für sein Alter, ein Hänfling, ein halbes Hemd, ich könnte ihn leicht zusammenschlagen, damit das mal klar ist. Er hat einen langen Hals, ein längliches, scharf geschnittenes Gesicht und die gleichen leuchtenden Augen wie sein Vater. Manchmal sprühen sie so vor Eifer, dass sie fast aus den Höhlen springen.

Jetzt aber zu unserer Bekanntschaft.

Kennt die Menschheitsgeschichte, kennen die Religionen einen gravierenderen und tieferen Sturz?

Helge: ein Junge, immun gegen das meiste, das in der Welt von Belang ist. Ich nenne nur Spielzeugsoldaten, die Bücher von Enid Blyton, die über Bob Moran, Erkundungszüge in fremde Viertel, Fußballweltmeisterschaften. Helge: unfähig, die Spannung nachzuempfinden, die darin liegt, in der Schule eine Scheibe einzuwerfen, völlig unberührt von dem plötzlichen und unwiderstehlichen Verlangen, zum Beispiel mitten in einem Geschäft laut »ficken« zu rufen, gegen das Auto des eigenen Großvaters zu pinkeln oder noch besser gegen das des schlecht gelaunten Mannes im blauen Haus. Nicht eine solcher erhebenden Aktionen ist für Helge von Bedeutung, er weiß nicht einmal von ihnen. Was für ihn wichtig ist, sind die Monde des Pluto, die Ursachen vulkanischer Aktivität, die Geschichte Chinas im 6. Jahrhundert. Helge ist ein Neunmalkluger, aber er ist ja auch vier Monate älter als ich. Er ist klein und schwächlich, eine halbe Missgeburt, und deswegen rechtfertigt eigentlich nichts die folgende Feststellung: Wir gehen nahezu Seite an Seite. Er ist einen Schritt voraus und wir verlassen das Viertel. Ich mache mir fast in die Hose, dass uns jemand sehen könnte, genauer: mich mit Helge zusammen sehen könnte. Das könnte schwerwiegende Folgen haben, denn Helge stellt so etwas wie eine Messlatte für Blödheit dar. Wenn sich jemand ausgesprochen dämlich anstellt, ruft man: »*Du er dum, dummere en Helge!*« Und es ist kein Vergnügen, diese kalte Dusche abzukriegen. Nein, wenn dir an deiner Position in der Hackordnung etwas liegt, dann solltest du tunlichst nicht mit Helge in der Öffentlichkeit herumspazieren. Und trotzdem tue ich genau das. Am helllichten Tag. Unbegreiflich! Ich halte mich in Bereitschaft, Helge eine zu langen, sobald uns jemand sieht, aber das Auge der Welt schaut dankenswerterweise gerade woanders hin.

Welche Mächte sind hier am Werk? Was habe ich verbrochen, das Schicksal so gegen mich aufzubringen? Gestern Arne, heute Helge. Kennt die Menschheitsgeschichte, kennen die Religionen einen schlimmeren und tieferen Sturz? Allerdings lässt sich die erschreckende Tatsache nicht bestreiten, dass einiges in Helges Auftreten und Verhalten an meinen Freund Pétur aus dem Nachbareingang unseres Wohnblocks zu Hause in Reykjavík erinnert. Auch Pétur ist so ein Oberschlauer, dabei klein und schmächtig. Er ist ein ganzes Jahr jünger als ich und weiß doch unerträglich viel. Indem ich mich mit Helge abgebe, könnte ich mir Wissen aneignen, das Pétur die Sprache verschlägt und ihn daran erinnert, dass ich ein ganzes Jahr älter bin als er. Na gut, da ziehen wir also ab, verlassen das Viertel in Richtung der Felsbuckel. Sie sehen aus wie ein Riesengürteltier aus der Vorzeit, das mit dem Rüssel im Meer steht, während der breite Schwanz auf dem Land ruht.

Wir gehen zu diesen Felsen und wechseln kein Wort. Helge hat nichts mehr gesagt, seit er im Garten diese Allgemeinplätze über Island und Reykjavík vom Stapel gelassen und mich dann aufgefordert hat: »Komm!« Dann hat er auf dem Absatz kehrtgemacht, ist losmarschiert und ich bin wie ein Volltrottel hinterhergedackelt. Wir gehen über Felsen, die überwiegend aus flachen Steinplatten bestehen, doch Helge stolpert unglaublich ungelenk durchs Gelände. »Bleichgesicht ist wie Frosch mit Muskelkater«, sagt Flinker Hirsch und Tarzan und ich grinsen. Ja, die beiden sind rechts und links von mir aufgetaucht und bekunden so ihre Solidarität in dem unverzeihlichen Entschluss, meine Zeit mit Helge zu verschwenden.

Der atmet gerade tief durch und fängt an zu reden: »Bevor ich dir mitteile, was ich über Island weiß, muss ich dich erst in kurzen Zügen von der Entstehung der Erde unterrichten.«

Dann doziert er über die Zusammenballung der Materie, die Sonne und Kometen und über die Entstehung der Erde, wie Leben entsteht und sich weiterentwickelt. Es widerstrebt mir, aber ich muss zugeben, dass sich die Sache streckenweise echt spannend anhört, fast wie im Kino, ich meine mit Superexplosionen, Vulkanausbrüchen, Weltall und so weiter. Kann auch sein, dass Helges Begeisterung ansteckend ist, endlich kann er jemanden mit seinem ganzen Wissen zusülzen. Flinker Hirsch allerdings zeigt sich weniger begeistert. Er ringelt sich zwischen die Steine und hält ein Schläfchen, Tarzan lässt sich zu seinen Füßen nieder und gibt ab und an ein dumpfes Knurren von sich, als wäre Helges Wissen ein gefährliches Raubtier.

Als die Erde längst abgekühlt war und die Ozeane seit Jahrmillionen ihre Küsten umspülten, da wuchs Island aus dem Meer, zerknittert und von Anstrengung verzerrt. Unglaublich viele Jahre später, Helge meint, es seien so viele, dass ich mir das gar nicht vorstellen könne, brechen Menschen auf Drachenschiffen von Norwegen aus auf, manche haben Raben an Bord, andere die Pfeiler ihrer Hochsitze, und besiedeln Island. Helge führt mich auf eine Reise durch die Geschichte meines Landes. Es ist eine wohl durchdachte und zielsichere Reise, außer als Helge sich darüber ereifert, dass der weise Njáll es über sich gebracht habe, sich mit einem so dummen Kerl wie diesem Gunnar abzugeben. Ich kenne weder den einen noch den anderen, sage aber nichts und nehme mir vor, Großvater am Abend nach ihnen zu fragen. Schließlich endet Helge mit der zeitgenössischen Geschichte Islands: Stützpunkt der Amerikaner, Kabeljaukriege. Dann hält er für einen Moment inne, nur eben so lange, um wieder zu Atem zu kommen, und setzt hinzu, es wäre ihm lieb, wenn ich seine lückenhaften Kenntnisse von Island ein bisschen aufbessern könnte. Ich sitze auf einem Stein, der Himmel wölbt sich über die Welt, blau vor Kälte im Norden, drückend vor Hitze über uns. Ich sitze auf dem Stein und habe von nichts eine Ahnung. Fordernde Augen sind auf mich gerichtet, Fragen stehen im Raum, und ich höre mich selbst sagen: »Ich bin sicher, dass Söbekk der dickste Mann Islands ist.«

Von Bunkern, in denen die Deutschen mit ihren Karabinern standen

Abend.

Tarzan, Flinker Hirsch und ich haben uns in mein Zimmer zurückgezogen, wir sitzen auf dem Bett und halten Kriegsrat, wir haben nämlich ein Problem, eine ziemlich quälende Angelegenheit. Tarzan schlägt vor, dass wir Helge vergessen sollten. Ich stimme zu, das sei an sich eine gute Idee, erinnere dann aber an Pétur und sage, es sei doch eine gute Gelegenheit, etwas über Dinge zu lernen, von denen er keine Ahnung hat. Ich erinnere nur daran, dass mir Helge ganz oben auf den Felsen einen Bunker aus dem Zweiten Weltkrieg gezeigt hat, in dem sich die Deutschen mit ihren Knarren verschanzt hatten. Helge hat versprochen, von ein paar Ereignissen zu erzählen, die sich dort zugetragen haben, vorher müsste ich ihm aber etwas über Island beibringen, etwas, das er noch nicht weiß. So gerissen ist der kleine Mistkerl! Tarzan gibt zu, dass es nicht viel gibt, was die Geschichten um einen Bunker aus dem Krieg übertrifft. Das wäre ja fast wie im Kino. Wer schon einmal in einem Bunker gestanden und die aufregenden Geschichten gehört hat, die sich in ihm zugetragen haben, wer vielleicht noch eine alte Patronenhülse oder gar ein verrostetes Bajonett gefunden hat, der wäre in einem Neubauviertel in Reykjavík garantiert ein Held.

Der Pazifik ist der größte Ozean der Erde. Er liegt zwischen Amerika und Asien, seine Fläche beträgt 165 Millionen Quadratkilometer, seine Länge 16 000 Kilometer, und die größte Tiefe misst 11 033 Meter

Tage vergehen.

Viele Tage, und jeden Morgen verlasse ich mit Helge das Viertel und nehme mit ihm denselben Weg hinauf zu den Felsen. Wir wechseln kein Wort, ehe wir dort ankommen. Abends geht mir dann so einiges durch den Kopf. Ich bin schweigsam wie ein Weiser, auf dessen Glatze sich das Mondlicht spiegelt, mache »psst!« zu Tarzan und Flinker Hirsch, die noch Bösewichte und Wilderer verfolgen, sich in das Verlorene Tal begeben und hoch oben von Baum zu Baum schwingen wollen.

Tage vergehen und jeden Morgen starrt mir Helge fragend entgegen. Ich breche das Schweigen und berichte von dem, was mir am Vorabend durch den Sinn gegangen ist. Helge kann stundenlang ohne Punkt und Komma reden, die Zeiger der Uhr drehen währenddessen eine Runde nach der anderen, es wird dunkel, Mond und Sterne ziehen herauf, alle haben schon die Schlafanzüge an, und Helge redet immer noch. Es ist leider unglaublich, was dieser Knirps alles weiß, es ist leider, verdammt noch mal, viel zu viel. Dabei fällt es ihm auch noch schwer, einem zuzuhören, dann ist Zeit auf einmal kostbar, und wenn man nichts Neues vorzubringen hat, fallen ganz schnell die beiden verhassten Worte: Ich weiß. Wenn er etwas mal nicht weiß, ist es so unbedeutend wie mein Gequassel vom Kioskbetreiber Söbekk.

»Ich weiß«, sagt er. Ich gerate ins Stottern, meine Sätze zerbröseln zu unzusammenhängenden Wörtern und mein Bericht stockt. Dann fängt Helge wieder an zu erzählen, und dabei geht es nicht um einen Söbekk oder den Griesgram von der zweiten Etage, sondern um die Entstehung der Erde, römische Imperatoren, unbesiegbare Mongolenheere im dreizehnten Jahrhundert. Wir spazieren über die Felsen oder sitzen auf den sonnengewärmten Steinen und draußen segeln mit angeketteten Negersklaven vollgestopfte Schiffe über den Atlantik, Darwin kehrt aus der Südsee zurück, die ersten Flugzeuge heben ab, Armstrong hüpft auf dem Mond. Es ist nicht auszuhalten und die Tage verstreichen. Eigentlich könnte ich spielen oder etwas Tolles mit Tarzan und Flinker Hirsch unternehmen, aber nein, da sind Helge und die Felsen. Da sitzt er, Weltreiche und die Evolution der Arten sprudeln aus ihm heraus. Er macht den Mund auf und ganze Galaxien glitzern zwischen seinen Zähnen wie betaute Spinnennetze im Sonnenschein. Er ist ja auch vier Monate älter als ich, das macht einen Riesenunterschied. Aber er hat noch nie in Augen wie die von Gunnhildur geblickt, er durfte noch nie an einem Zopf ziehen, nein, er weiß einen Dreck und hat nicht die mindeste Ahnung von irgendwas! Er ahnt nicht einmal, dass es leuchtende Augen gibt, die mehr Schmerz auslösen können, als in tausend Büchern steckt, Augen, die einem ein so uferloses Glück bescheren können, dass selbst der Pazifik (der größte Ozean der Erde, liegt zwischen Amerika und Asien, seine Fläche beträgt 165 Millionen Quadratkilometer, seine Länge 16000 Kilometer und die größte Tiefe 11033 Meter) dagegen bloß eine Pfütze zwischen zwei Steinen ist. Helge hat also keine Ahnung, obwohl er eigentlich fast alles weiß, und es ist ein Glück, dass wir unter vier Augen sind, weil man sonst die Schande kaum überleben könnte.

Manchmal frage ich Großvater: »Opa, was ist besonders an Island?« Am nächsten Morgen erzähle ich Helge dann von Gletschern und Geothermalgebieten, aber er weiß wieder einmal mehr von Eisformationen und Erdwärme als ich. Ich kann mich nicht mal erinnern, wie hoch der Vatnajökull ist, doch er leiert die fünf höchsten Punkte herunter und wer den Gletscher als Erster überquert hat und kennt sogar die Einflüsse des Gletschers auf das Klima und bla, bla, bla, verdammte Scheiße! Ich bebe vor Verlangen, ihm eine reinzuhauen, ja, ihn gründlich zu verprügeln, den Saukerl zu Mus zu machen, diesen Klugscheißer, diesen überheblichen Angeber ins Meer zu werfen, ihn von den glitzernden Fluten verschlucken zu lassen und ihm höhnisch nachzurufen: »Na, hast du das gewusst?« Tarzan neben mir hat ein breites Grinsen aufgesetzt und Flinker Hirsch lässt trotz seiner gewohnt ausdruckslosen Miene doch erkennen, dass er mit dieser Tat höchst zufrieden wäre. Aber was würde es bringen, diesen Streber ins Meer zu werfen? Strampelnd und Quallen und Meerwasser schluckend würde er noch keuchen, dass sein Ertrinkungstod nichts wäre im Vergleich zu der Versenkung der Lusitania durch ein deutsches U-Boot. »Das war am 17. Mai 1915, 1260 Passagiere ertranken«, würde er noch husten, ehe ihm die nasse Faust des Meeres endgültig das Maul stopfen würde.

Flinker Hirsch: »Lusitania?«
Tarzan: »Teufel auch!«
Ich: »Oh, verdammter Mist!«

Und dann müssten wir drei dem elenden Jammerlappen hinterherschwimmen, ihn pitschnass aus dem Wasser ziehen, um mehr über dieses Schiff Lusitania zu erfahren, das deutsche U-Boot. War sein Kapitän ein Verbrecher? Sind auch Kinder ertrunken? War es in der Nacht? Gab es einen Helden, der herumschwamm und sieben Kinder rettete, ehe er selbst entkräftet unterging, ehe ihn die fürchterliche Macht des Meeres in die Tiefe zog? Nein, es bringt nichts, Helge in den blitzenden Rachen des Meeres zu stoßen oder ihn zu verkloppen, denn da ist ja auf der anderen Seite mein unstillbarer Wissensdurst, mein brennendes Verlangen nach Geschichten, nach Wissen von der Entstehung der Erde, dem Untergang von Weltreichen, und wie wunderbar es wird, wenn der Herbst kommt, der blaue Himmel ein Flugzeug an sich zieht und ich nach Hause fliege und Pétur in meinem Wissen ersäufen werde und in der Schule alles weiß. Ich werde mich nur auf meinem Stuhl räkeln, gähnen und den Lehrer korrigieren und alle sagen »Wow, irre, Mann!«, und Gunnhildur, wow, sie käme mit ihren Augen, diesen wahnsinnigen Augen, in denen man leichter ertrinkt als im Stillen Ozean, weil sie mindestens zwölf Kilometer tief sind, und deswegen sage ich: »Los, Mann, du Genie, erzähl mir was!«

Vielleicht ist ein Dorschkopf vom Ursprung des Universums etwas entfernt, doch Gott und ich spielen »Vater Noah« auf der Ziehharmonika

Eines Abends sage ich zu Großvater: »Opa, weck mich morgen ganz früh, noch bevor du Kaffee trinkst und frühstückst und ehe du den Zeitungsjungen anmeckerst, weil er so spät kommt.«

»In Ordnung«, sagt Großvater und daher komme ich so zeitig in den Garten, dass die Sonne noch nicht aufgegangen ist und der Himmel noch schläft. Ich habe schon über vieles nachgedacht, als die Sonne aufgeht und sich zögerlich über den Horizont schiebt. Ich sehe, dass sie sich noch kämmen muss, denn ihr langes Haar fließt über den halben Himmel. Ich warte auf Helge. Er ist immer viel früher auf gewesen als ich, er war das Erste, was ich sah, wenn ich aus dem Fenster guckte, und da musste ich noch aufs Klo und mein Frühstück essen. Aber heute bin ich derjenige, der wartet, und er wird große Augen machen.

Ich warte.

Ich warte noch länger.

Dann kommt er.

Da tritt Helge aus seiner Tür, ganz kurz zeigt sich ein Anflug von Erstaunen auf seinem Gesicht. Um ihn zu überspielen, bittet er mich zu sich ins Haus. Er zeigt mir sein Zimmer. Er hat Bilder von alten Männern an den Wänden, keine Fußballspieler wie Billy Bremmer oder Johann Cruyff, sondern alte Knacker und Weiber. »Berühmte Wissenschaftler«, sagt er und leiert die Namen herunter. Außerdem gibt es Abbildungen des Sonnensystems, der Milchstraße, vom Schichtenaufbau der Erde, ein dreidimensionales Bild einer Pyramide und gleich über dem Bett hängen ein paar mathematische Gleichungen, von denen Helge behauptet, sie seien sehr berühmt, aber ich bin nicht so blöd, ihm das zu glauben. Das ist mit Abstand das langweiligste Zimmer, in dem ich je gewesen bin. Er zeigt mir auch die Bibliothek im Haus. Das gefällt mir und ich suche gleich nach Enid Blyton.

»Hier sitze ich«, sagt Helge und zeigt auf einen großen, etwas abgewetzten Ledersessel. »Da sitzt mein Vater.« Ein schlichter Holzstuhl mit dünnem Sitzkissen. »Wir besitzen sechstausend Bände und ehe ich groß bin, will ich sie alle gelesen haben.« Er strahlt und ich knurre: »Manche sterben, wenn sie groß sind.«

Dann gehen wir in den Morgen hinaus.

Wie es in einem berühmten Gedicht heißt: *Die Tage vergingen.*

Mit anderen Kindern gebe ich mich nicht mehr ab. Die Brüder sind in weiter Ferne. Zwei Tage, nachdem Erik den Bootsmotor zerlegt hat und die Welt von Arnes Zorn erfüllt war, sind die Brüder mit ihren Eltern verreist zu einem Fjord, der unheimlich tief ins Land einschneidet, wo es steil aufragende Felswände, schräg wachsende Bäume und schlafende Winde gibt. Helge und ich streifen über die Felsen und er erzählt mir vom Bermuda-Dreieck, von Flugzeugen, die einfach vom heiteren Himmel verschluckt werden, Schiffen, die über ein spiegelblankes Meer fahren und von einer Minute auf die andere von der Oberfläche verschwinden. Helge nimmt sich ausgiebig Zeit, um spannende Theorien vor mir auszubreiten, von Wesen aus dem All, Gottes Zorn und untergegangenen Erdteilen. »Bitte nicht aufhören!«, bettele ich. »Bloß nicht aufhören!« Und Tarzan und Flinker Hirsch schießen vor mir aus der Erde. Dann macht Helge doch eine kurze Pause und all die wundersamen Dinge summen in der Stille weiter. Nach der Unterbrechung fährt er fort, die Geheimnisse mit dem scharfen Messer der Logik zu enthüllen, und es ist genau, wie eine Zwiebel zu schälen. Er zieht eine Haut nach der anderen ab, bis nichts mehr übrig ist als sein blankes Messer. Tarzan schnaubt und macht sich aus dem Staub, Flinker Hirsch klopft mir aufmunternd auf die Schulter und verschwindet ebenfalls. Sie haben keine Lust mehr, noch länger Helges dünner Stimme zu lauschen. Wieder und wieder versuche ich, eine Lücke in seinem Wissen und in seiner Selbstsicherheit zu finden, versuche ihn aus dem Gleichgewicht zu bringen, aber es ist so, als ob man eine Burgmauer mit bloßen Fäusten zum Einsturz bringen wollte oder den Mond mit Steinen bewerfen. Egal, was ich von mir gebe, nach ein paar Sätzen sagt Helge: »Ich weiß«, und dann packt mich ein glühender Hass. Meine sämtlichen Bemühungen zerfallen unter diesen beiden Wörtern: Ich weiß. Derweil fährt die dünne Stimme fort, mir Caesars Nase, den Gestank brennender Hexen, den Knall der ersten Kanone, die Zahl der Divisionen der Roten Armee im Jahr 1941 und die Kälte in Stalingrad nahe zu bringen. Gott, gerne würde ich ihm einen Tritt verpassen, der ihn bis ans Ende der Welt befördert, und doch will ich keines unserer Treffen auslassen. Tarzan und Flinker Hirsch haben sich tief in ihre Wälder verzogen und reden nicht mehr mit mir. Bitte schön, wenn sie es so haben wollen! Jeden Abend liege ich wach und grüble wie ein kahlköpfiger Philosoph mit dem Mond über mir und manchmal frage ich Großvater, wie dieses oder jenes Wort auf Norwegisch heißt; dann runzelt Großvater die Augenbrauen. Es sind Wörter, die ich bei Helge nicht verstanden habe, oder es sind welche, die ich für den nächsten Tag brauche, und Großvater runzelt die Brauen. Manchmal greift er nach einem Buch, einem Wörterbuch, wie er erklärt, und ich reiße die Augen auf: Ein Buch der Wörter! Es muss das wichtigste Buch der Welt sein. Am Morgen danach marschiere ich mit neuen Wörtern gerüstet in die Welt hinaus. Sie blitzen und blinken, so neu sind sie und so schön. Aber als es drauf ankommt, bin ich doch nur ein Steinzeitmensch mit Keule und Helge sitzt hoch in einem Dreißigtonnen-Panzer. Er walzt mich einfach nieder. Oder wie es geschrieben steht, wer nach dem Mond mit Steinen wirft, kann sie selbst wieder auf die Birne kriegen. Ich überlege, ob ich das Ganze nicht abbrechen und weggehen sollte, weg von Helge, hinein in die Wälder, wo ich mit meinen Freunden aufregende Abenteuer erleben könnte. Aber jedes Mal, wenn ich kurz davor stehe, mich von Helge loszureißen, fängt er wieder an, mich wegen irgendeiner Sache zu löchern, als wolle er unbedingt etwas in Erfahrung bringen, das nicht in Büchern steht. Und ich bleibe wieder einmal hängen.

Doch dann geschieht es.

Eines Tages.

Eines Tages kommt der größte Sieg meines Lebens, und zwar in Gestalt eines Einäugigen und seiner Tochter, die Seehundflossen isst, Fernsehen verabscheut, Profifußballer verachtet und ein so strenges Gesicht aufsetzen kann, dass der Teufel »Upps« sagt und sich in die Flammen verkrümelt, die um die Hölle lecken, die um die Leiber derer züngeln, die im Leben richtig gemeine Bösewichte waren, die andere verrieten, schlugen und töteten, die nur ans Geld dachten, auf Behindertenplätzen parkten und nie Bock hatten, einer alten Frau über die Straße zu helfen.

Es ist nach Mittag.

Helge und ich laufen über die Felsen.

Helge und ich sitzen mit dem Rücken gegen den Bunker gelehnt.

Es ist heiß.

In der Ferne steckt der Himmel seinen glühenden Kopf ins kühle Meer. Ein leises Lüftchen weht mal hier-, mal dorthin, die Fliegen sind vor Hitze so dösig, dass sie weder fliegen noch brummen. Helge hat noch einmal die Theorien über die Entstehung des Universums dargelegt und sich ziemlich darüber ereifert, dass sich die Wissenschaftler nicht auf eine einzige verständigen können. Ungenauigkeit kann Helge nicht ausstehen und mehr als eine vorherrschende Meinung über ein derart wichtiges Phänomen ist schon zu viel. Ich habe längst den Faden in den Ausführungen des Genies verloren, kapiere nur, dass es mal einen großen Knall gegeben haben soll und sich danach verschiedene Dinge ereigneten. Eine Theorie besagt, das All habe sich auf kleinsten Raum zusammengezogen und dehne sich seitdem wieder aus. Ich merke auf, weil mir eine Tante einmal eine kleine Ziehharmonika geschenkt hat, und ich sehe Gott als großen Harmonikaspieler vor mir, der Kosmos ist sein Instrument. Was das für gewaltige Töne sein müssen! Sonst bekomme ich wenig von Helges Redestrom mit, die Augen fallen mir zu, ich fange an zu träumen: Ich spiele auf meiner kleinen grünen Ziehharmonika und Gott auf der großen, die über und über mit

Sternen besät ist, mit einer Sonne und mit dem Atlantik. Wir spielen gerade »Vater Noah«, da schrecke ich von einem Schrei Helges auf, er hat sich vor mir aufgebaut und platzt vor Wut. Er hebt sein dürres Ärmchen und schwört mit mir als Zeugen, dass er, wenn er einmal groß ist, keine Theorien aufstellen, sondern Beweise liefern wird. Er werde alles herausfinden, kein Rätsel bliebe ungelöst, keine Frage offen. Nur noch Antworten. Diese schreckliche Drohung stößt er zum Himmel gewandt aus. Sein dünnes Ärmchen mit der geballten Faust ähnelt einer Stricknadel. Mir läuft ein Schauer über den Rücken. Der Wind ein glühender Lufthauch, die Sonne brennt, und doch überläuft mich ein Schauder und zum ersten Mal, seit ich in Norwegen bin, denke ich an die Kleidungsstücke, die mir Stiefmutter in die Reisetasche gepackt hat: Dicke Pullover, Strickmütze, lange Unterhosen, die pieksen. Oma grunzte nur, als sie die Tasche aufmachte, schloss sie gleich wieder, stellte sie in den Schrank und kaufte mir neue Kleider, zum Beispiel kurze Hosen, T-Shirts und die Sandalen, die ich gerade anhabe. Ich denke an die Wollpullover und die Mütze, mir ist auf einmal unheimlich kalt, und zweifellos, um die Aufmerksamkeit der Welt von Helges Verwünschungen abzulenken, beginne ich von Stiefmutter zu erzählen, der Frau, die eines Tages aus Vaters Schlafzimmer kam und uns das Frühstück machte.

Ich erkläre Helge, dass Stiefmutter Dorschköpfe als Delikatesse ansieht und dass es noch eine Menge unerklärlicher Dinge an ihr gibt.

Helge schaut mich überrascht an. Vielleicht ist ein Dorschkopf etwas weit ab vom Ursprung des Universums. Dann zuckt er die Schultern, winkt mit der Hand und will so sämtliche Dorschköpfe und Stiefmütter wegwischen, aber da beeile ich mich weiterzureden, denn ich habe keine Lust mehr auf den Kosmos, will gar nicht wissen, wie die Sonne einmal die gesamte Oberfläche der Erde abflämmen und alles darauf verbrennen wird: Bankdirektoren und Eichhörnchen, Kirchen und Kioske, und dass dieses Weltende so unentrinnbar sein wird, dass ihm nicht einmal Ingemar Stenmark auf seinen Skiern entkommt. Darum beeile ich mich zu sagen, dass Papa zu Weihnachten Hühnchen mache und ich dazu Pommes frites mit Mayonnaise bekomme, etwas Leckereres gebe es gar nicht, doch Stiefmutter habe auf ihrem Teller einen gekochten Feiertagsdorschkopf, der aber nichts Feierlicheres an sich habe als eine Weintraube im gekochten Maul. Das mit der Weintraube erfinde ich, denn Stiefmutter würde ihren geliebten Dorsch nie mit etwas so Überflüssigem wie einer Weintraube verzieren, aber ich finde, Weintraube ist auf Norwegisch ein so schönes Wort, dass ich es unbedingt in ein Dorschmaul stecken muss, und das ist gut so, denn Helge stutzt und sagt: »Was, eine Weintraube?«

Da lege ich natürlich nach, wittere ein Wunder, die entscheidende Bresche: »Ja, das kannst du ruhig glauben! Sie kommt nämlich aus einer Gegend weit hinter tausend Bergen, es dauert unglaublich lange, bis man mit dem Bus dorthin kommt, mindestens einen ganzen Tag und unterwegs wird man total reisekrank. Letztes Mal musste ich mich achtmal übergeben, da sagte der Busfahrer: ›Beim nächsten Mal kommen die Lungen‹, aber zum Glück kam kein nächstes Mal mehr. Aber als meine Stiefmutter damals aus dem Zimmer meines Vaters kam und Frühstück machte, da hatte sie noch nie im Leben eine Cola getrunken oder ferngesehen, sie wusste nicht, was ein Hallenschwimmbad ist und kannte Söbekk nicht. Manchmal kommt es mir so vor, als hätte es Stiefmutter gar nicht gegeben, ehe sie aus dem Schlafzimmer kam.«

Helge schüttelt den Kopf. Er fängt an, auf und ab zu gehen und murmelt, es gebe irgendein gottverdammtes abgelegenes Tal in Nordnorwegen, in dem Menschen lebten, die ... Aber ich will nichts von einem abgelegenen Tal in Norwegen hören und zum allerersten Mal fahre ich diesem Klugscheißer über den Mund, denn ich bin so erfüllt von einer eigentümlichen, kribbelnden Kraft, dass mich so eine halbe Portion nicht stoppen kann. Ich berichte von den Seehundflossen, die Stiefmutter in einer Tonne auf dem Balkon aufbewahrt. (Ich glaube, ich habe Seehundhände gesagt, kannte das norwegische Wort für Flosse nicht. Helge korrigierte mich automatisch.) Oder wie es ist, wenn Papa erklärt, nun wollen es sich die beiden einmal richtig gemütlich machen, etwa an einem Winterabend, tiefe Dunkelheit vor den Fenstern, helle Sterne am Himmel, Papa gießt sich Aquavit in ein Glas und füllt mit Seven up auf, legt eine Platte von Haukur Morthens oder Frank Sinatra auf, »Frankie boy«, sagt Papa nach dem ersten Schluck. Dann holt sich Stiefmutter eine Seehundflosse vom Balkon, kuschelt sich damit an Vaters Seite, sagt, sie finde Haukur besser als diesen Amerikaner, und fängt an zu knabbern. »Um Himmels willen!«, sagt Vater dann, denn er wird sich nie daran gewöhnen. Manchmal macht sich aber auch ein widerlicher Gestank breit, wenn Stiefmutter die Tonne öffnet. Grauenhaft! Einmal stank es so schrecklich, dass ein Mann im zweiten Stock, der wohl gerade auf seinem Balkon die Sterne betrachtete, glaubte, seine vor langer Zeit verstorbene Großmutter sei zurückgekommen, um ihn heimzusuchen, weil er das Familienerbe verplempert und obendrein ihr Sofa ruiniert hatte. Er erschrak so heftig, dass er vom Balkon sprang und sich beide Beine brach oder wenigstens eins. Papa sagte zu Stiefmutter: »Siehst du, es geht nicht, so uraltes Zeug auf dem Balkon aufzubewahren«, doch sie antwortete bloß: »Unsinn.«

Helge sagt: »Sieh mal …«

»Nichts da«, sage ich und mir ist jedes »Sieh mal« so verdammt egal. Ich erzähle von Stiefmutters Vater und der Gegend jenseits aller Straßen und Berge. Ja, Stiefmutters Vater, das ist ein einäugiger Kerl mit Schnupftabaksdose und Taschenmesser. Ich habe die drei letzten Sommer in jener Gegend verbracht und es war immer schön, außer wenn mir der Kerl eine Arbeit auftrug, etwa die Seehasennetze in Ordnung zu bringen. Sie sind viel zu groß, breiten sich über die ganze Wiese. Viele Tage lang tut man nichts anderes, als Tang und jede Menge sonstiges Zeug aus den Netzen zu zupfen. Die Netze sind so groß wie die Langeweile dort. Dieser Teufel von einem Mann sitzt mir gegenüber, seine Augen unter der Schirmmütze sind auf mich gerichtet, das eine stechend und stahlgrau, ein richtiges wachsames Raubvogelauge, das andere ebenfalls stechend, aber vollkommen tot. Es ist aus Glas. Manchmal muss er irgendwo hin, sich um etwas anderes kümmern, einen Vogel totschlagen oder eine Robbe häuten. Dann rammt er eine dünne Latte in den Boden – an Kraft fehlt es dem Alten nicht, die Latte gleitet in den Boden wie ein Messer in Butter –, nimmt das Glasauge aus der Höhle und legt es oben auf die Latte. Von da soll es mich überwachen, während er weg ist. Es beobachtet mich genau, seinem Herrn treu ergeben, entgeht ihm nicht das Geringste. Einmal habe ich ihm die Zunge rausgestreckt. So weit ich konnte, streckte ich sie raus und das tat gut. Es tat so gut wie ein heißer Kakao an einem kalten Tag. Dann vergeht eine Weile, das Leben wickelt mich in die Maschen der Langeweile, bis der alte Knacker zurückkommt. Er stopft sich das Auge in den Kopf, steht eine Weile mucksmäuschenstill, das gesunde Auge geschlossen und ein wenig vorgebeugt, als würde er angestrengt auf etwas lauschen, dann zuckt es in ihm, er kommt auf mich zu und haut mir eine runter.

»Das nächste Mal schneide ich dir die Zunge ab«, sagt er.

Ich breche ab.

Warte.

Warte darauf, dass Helge versucht, Stiefmutters Vater mit einer ganzen Horde einäugiger norwegischer Einödbauern zu übertrumpfen, dass er norwegische Seehasennetze auswirft, die so groß sind, dass sie ganze Berge und Täler mit vielen Bauernhöfen einsacken, aber das Einzige, was er tut, ist, die magische Kraft des Glasauges anzuzweifeln. Der Alte habe mich bestimmt aus der Ferne mit einem Fernglas beobachtet.

Ach so!

Wenn der Alte das nächste Mal weggeht und das Auge auf der Latte thront, vermeide ich es anzusehen, ich arbeite einfach weiter und denke mir mein Teil. Ich denke an das Auge, ich spreche es unhörbar und mit geschlossenem Mund an: Ich werfe dich den Kälbern vor, verdammte Glasmurmel, ich werfe dich in einen Graben oder ins Meer, die Fische werden dich fressen, oder ich lasse dich von einem Raben stehlen, du landest in einem Rabennest, an dir wird herumgeknabbert, die Vögel kacken auf dich, die Fliegen krabbeln auf dir herum und ich sitze sicher in Reykjavík und lache mich kaputt, du Scheißglasauge!

Da kommt der Alte zurück.

Er setzt das Auge ein, schließt das andere, Grabesstille. Dann zuckt er wieder, kommt auf mich zu, gräbt seine Krallen in meine Schulter und beugt sich über mich. Er stinkt grauenhaft nach Tabak. »Ja, ja«, flüstert er gefährlich leise. »Weißt du, was passiert, wenn du dem Auge etwas antust, Bürschchen? Dann musst du Tag für Tag und auch in den Nächten hier hineingucken, sieh her!« Und ganz langsam hebt er die freie Hand, legt Daumen und Zeigefinger an das Glasauge und puhlt es aus der Höhle.

»Sieh hin!«, befiehlt er, und ich gucke direkt in die leere Augenhöhle. Die Sonne verlischt, Dunkelheit ballt sich am Himmel zusammen und breitet sich über die ganze Welt, füllt Täler und Schluchten. Es existieren keine Sterne mehr, kein Mond, nur ein finsterer, kohlrabenschwarzer und toter Himmel.

Der Tag, an dem ich Pippi Langstrumpf sah und drei Männer, die bei West Ham United spielten

Es ist das erste Mal, dass ich in die Innenstadt von Stavanger komme, ohne auf der Rückbank des Wolgas zu hocken, ohne Oma und Opa und sogar ohne meine Schwester.

Wir sind zu siebt. Sieben Jungen, unter ihnen die Brüder, die von ihrer Reise zurück sind. In sich tragen sie einen tiefen Fjord und ein Schiff, das Autos verschluckt.

Wir nehmen den Bus.

Es ist eine ordentliche Strecke bis in die Innenstadt.

Viele tausend Bäume recken die Äste wie Trollarme mit großen, behaarten Fäusten. Manche Häuser sind außergewöhnlich groß. Dann glitzert der See und bald sind wir da. Es ist ein ganz berühmter Tümpel, Präsidenten haben über ihn hinweggeblickt und auch Könige und Königinnen, Dichter haben Verse auf ihn gemacht, zum Beispiel ein Harald Stig, der in Stavanger aufgewachsen ist. Harald Stig ist ein sehr berühmter Dichter, obwohl er für seine Fernsehsendungen vielleicht noch berühmter ist und dafür, dass er gegen die Amerikaner in Vietnam gekämpft hat. Sein linker Arm ist im Dschungel geblieben. Stig schreibt wohl nicht sonderlich viele Gedichte, und wenn, dann hauptsächlich nachts, wenn ihn die Schmerzen in seinem Stumpf nicht schlafen lassen. Aber egal, wir sind eine Bande von Jungen auf dem Weg ins Kino, und keiner von uns denkt an den See, wäre auch ganz schön doof, an so einem Tag Gedanken an irgendwelche Tümpel und Gedichte zu verschwenden. Arne hat das Kommando, er hat sich selbst zum Kommandeur ernannt, ist aber auch von den Eltern mit dieser Rolle betraut worden.

»Ihr hört, was er sagt!«, haben die anderen Jungen eingeschärft bekommen, meine Großmutter aber, die sich für etwas so Besonderes hält, dass sie von Arne eine geringe Meinung hat, meint zu mir: »Du machst *det rette* und benimmst dich wie ein anständiger Kerl und wenn die anderen *gutter* etwas *forkertes* tun, dann achtest du nicht auf sie, dann bleibst du stark!«

Doch als sich die Bustüren schließen, schneiden sie den Einfluss der Erwachsenen ab, und alles ist möglich.

Wir kommen in der Innenstadt an.

Da steht ein Mann mit Hut und Stock und einem Gesichtsausdruck, als wolle er der ganzen Welt Vorhaltungen machen. Arne sagt: »Los, wir gehen hin und strecken ihm die Zunge raus.«

Gesagt, getan. Sieben Zungen strecken sich dem Mann entgegen. Dann machen wir uns aus dem Staub. Hinterher fragt Björn: »Warum haben wir ihm überhaupt die Zunge rausgestreckt?« – »Weil er's verdient hat«, antwortet Arne und heute, viele Jahre später, scheint mir, dass diese Antwort gar nicht so abwegig war, sondern tief aus seinem Innern kam, und dass aus ihm jemand sprach, der gegen sämtliche Regeln rebellierte und Logik und Vernunft links liegen ließ, wenn er einen Grund dazu sah. Und Arne würde im Lauf der Jahre noch so einiges erleben. Als er einmal durch den Iran reiste, begegnete er einer Frau und die Liebe fegte über sie beide wie ein Orkan und eine gewaltige Explosion zugleich. Arne fand heraus, dass sie mit einem fanatischen Religionsführer verheiratet war, aber das machte ihm nicht das Geringste aus. Er befreite sie einfach aus der Gewalt ihres verbohrten Ehemanns, sie flohen zusammen aus der Stadt in die Berge, ihr Mann hängte sich mit dreißig Anhängern an ihre Fersen, lange Messer blitzten auf, sie wollten etwas Furchtbares mit Arne anstellen, mit der Frau ebenso – und Arne lachte sie einfach nur aus! Mein lieber Mann, ich sehe ihn vor mir: Zerklüftete Berge im Hintergrund, ein trockener Wind weht und Arne wirft den Kopf hoch, sein langes Haar flattert, die Augen blitzen – und die beiden kommen tatsächlich davon. Heute segeln sie auf einem schnittig gebauten Segelboot über südliche Meere, Kinderfüße tippeln übers Deck, Arne spuckt über die Reling. Vor einem Monat habe ich eine Postkarte von ihm bekommen, die dritte in acht Jahren. Unbegreiflich, dass sie mich tatsächlich erreichen. Er verdreht nämlich meinen Namen und schreibt an eine längst nicht mehr aktuelle Adresse, aber so ist er eben, Arne vermag einfach alles, und hier ist sie also, seine letzte Postkarte, großformatig, das Bild duftet von Sonne und einem gemächlich plätschernden Meer:

Hei, Isländer!, schreibt Arne. Du hast sicher von der Geschichte gehört. Ich habe meine Prinzessin aus den Fängen des Bösen befreit. Sie verfolgten uns durch ein schluchtenreiches Gebirge und einige von ihnen hatten das Pech, uns tatsächlich einzuholen. Sie haben es bitter bereut. Aber das ist schon ein paar Jahre her. Jetzt haben wir unsere Jacht und die Meere des Südens und meine Prinzessin wird von Tag zu Tag schöner, so weit meine Augen es überhaupt noch ertragen. Wir haben zwei Kinder, ich fische, sie taucht nach Perlen, das reicht uns. Gestern haben wir zwei Seeleute vor dem Ertrinken gerettet. Es war stürmischer, als du dir vorstellen kannst. Erinnerst du dich noch, wie wir damals zu siebt diesem Kerl mit der Grabesmiene die Zunge rausstreckten? Wie geht es dir?

Aber gut, wir wollten ins Kino …

War das meine erste Bekanntschaft mit Pippi Langstrumpf? Ich glaube schon, weiß aber nicht mehr genau, um welchen Film es sich handelte, nur noch, dass Pippi zur See fuhr. Kanonenschüsse donnern, ein nachtschwarzes, stilles Meer, Anna und Tommi sind da irgendwo und Pippi ruft »hei« und »hoho« und dann ist was los. Wir sind zu siebt, sieben Jungen.

Ich sage zu Björn: »Jetzt geht's bald rund.«

Und er: »Worauf du einen lassen kannst!«

Wir warten nur auf ein Zeichen von Arne. Er wird sagen: »Lasst uns die Sitze rausreißen, ertränken wir den Platzanweiser in Popcorn, klauen wir sämtliche Süßigkeiten, lasst uns überallhin pinkeln!« Aber kurz bevor Arne das folgenschwere Kommando gibt, verdunkelt sich der Saal, ein Lichtstrahl fällt hindurch und Pippi erscheint auf der Leinwand mit einem Pferd. Man wartet gespannt, geht davon aus, dass Arne wenig auf eine Pippi Langstrumpf gibt, schließlich ist sie ein Mädchen, noch dazu rothaarig und hat Sommersprossen. Aber wenn Arne schon cool ist, dann ist Pippi grandios, denn sie stemmt mit bloßen Armen ein Pferd und Arne sagt: »Wow!« Dann verstummt er, starrt nur noch mit vor Begeisterung offenem Mund nach vorn und da schauen auch wir anderen völlig hingerissen zu.

»Diese Pippi«, sage ich, »ist echt der Hammer!« Plötzlich schnaubt Tarzan so laut und heftig, dass ich zusammenfahre. »Psst!«, mache ich. »Sieh nur, wie toll sie ist! Guck dir diese Pippi an!«

Der ganze Saal brüllt vor Lachen und vom Flinken Hirsch ist zu hören: »Pippi, Stärkste von allen!«

Tarzan schnaubt wieder, dann brummt er irgendwas. Sagt, das sei das Albernste, was er je gesehen habe. »Niemand hat solche Kräfte, nicht einmal Tantor, der Elefant. Kein Mensch kann ein Pferd hochheben. Pferde sind richtig schwer.«

Ich: »Hör auf! Sieh dir lieber den Film an!«

Tarzan: »Das ist doch bloß Kinderkram. So was muss man sich nicht ansehen. Ich gehe. Lasst uns bloß gleich gehen!«

Flinker Hirsch: »Pippi mir gefällt.«

Tarzan erhebt sich abrupt, stampft aus dem Raum, so wütend, dass er einem Jungen zwei Popcorntüten aus den Händen schlägt. Pippi hebt den dicken Räuber in die Höhe und schleudert ihn weg wie ein kleines Steinchen.

... und drei Männer, die bei West Ham United spielen

Auf dem Weg zur Bushaltestelle müssen wir Erik den zweiten Teil des Films noch einmal erzählen. Etwa nach der Hälfte entdeckte er nämlich, dass die Muttern der Sitzbefestigung genau in den Schraubenschlüssel passten, den er bei sich trug, und im gleichen Augenblick hatte er die Märchenwelt auf der Leinwand vergessen: Schiffe, Meere, hüpfende Affen, Räuber, Bösewichte, aufregende Abenteuer – alles weg. Es existierten nur noch der Schraubenschlüssel und die Muttern. Als der Film zu Ende war, hatte er die Befestigung von Björns und seinem Sitz losgeschraubt, drückte, und sie fielen hintenüber, Björn mit den Beinen in der Luft zappelnd. Arne fand das so umwerfend komisch, dass er es nun selbst übernimmt, die Handlung des Films noch einmal nachzuerzählen, und das macht er so perfekt, dass wir wieder die Wellen des Meeres und seinen salzigen Geruch und den der Affen nachempfinden. Dann will Arne den Schraubenschlüssel und die Muttern sehen. Arne klopft Erik anerkennend auf die Schultern, hat ihm die Sache mit dem Bootsmotor offensichtlich vergeben. Björn und mir wird schwindlig vor Erleichterung. Aber gut, die Bushaltestelle schon in Sichtweite sagt einer der Jungen: »He, seht mal!« Auf dem Bürgersteig auf der anderen Straßenseite gehen drei Männer. Einer von ihnen ist schwarz, alle drei tragen Trainingsanzüge und sehen sehr bedeutend aus. Erst starren wir alle nur den Schwarzen an, keiner von uns hat je einen gesehen, außer vielleicht im Fernsehen, aber das ist ja auch schwarz-weiß.

»Cool, so schwarz zu sein«, meint Björn.

Da sagt Arne, die drei würden bei West Ham United spielen. Was für ein Tag! Erst Pippi Langstrumpf und dann drei Profis von West Ham United und einer von ihnen schwarz! West Ham ist ein englischer Verein, die drei spielen in England, sind daher oft im Fernsehen zu bewundern. Sie halten sich gerade in Stavanger auf, um gegen die Heimmannschaft anzutreten, und wir sehen sie über die Straßen spazieren, als wäre es das Selbstverständlichste von der Welt. Das übertrifft sämtliche Träume, das ist besser als Weihnachten, besser als ein Mädchen unter der Dusche zu beobachten! Da gehen sie und zwischen uns und ihnen liegt nicht mehr als eine Straßenbreite. West Ham United, England. »Gütiger Himmel«, flüstert einer von uns. Den ganzen Tag über war es dicht bewölkt, jetzt aber zieht Gott die Wolken vor der Sonne weg und sie ergießt sich über die Stadt und umstrahlt die drei Männer stärker als alles andere, als würden sie in grellstes Licht getaucht. Da läuft Arne los. Er sprintet über die Straße. Er trägt ein kariertes Hemd, es ist aufgeknöpft. Arne läuft schnell und zugleich merkwürdig langsam, wir registrieren jede einzelne seiner Bewegungen. Dann ist er auf der anderen Straßenseite angelangt, schiebt einen Hemdsärmel in die Höhe, die Männer schreiben ihre Namen auf seinen Arm, langsam, wie in einem Traum. Dann gehen sie weiter. Sie spielen bei West Ham United, einer englischen Mannschaft. Wolken ziehen vor die Sonne. Es wird dunkler, und während es dunkelt, sehen wir die drei Autogramme auf Arnes Arm leuchten. Der Bus kommt.

Ein alter Chinese betritt den Schauplatz

Es ist mir nie gelungen, Helge und die Brüder unter einen Hut zu bringen. Natürlich habe ich es versucht, es aber vielleicht falsch angefangen. Wir wollen nicht vergessen, dass Helge nicht gerade von der alltäglichen Sorte ist, er ist vollkommen unberechenbar. Eines Morgens spazieren wir zum Beispiel über die Felsen.

Wir gehen lange schweigend nebeneinander her. Das ist schon häufiger passiert. Oft gingen wir stundenlang, ohne etwas zu sagen, dann waren wir in Gedanken vertieft wie kahlköpfige Philosophen mit Mondlicht auf der Platte. Die einzige Frage war, wer von uns als Erster das Schweigen brechen würde, ich mit meinen Anekdoten von Stiefmutter und ihrer Gegend, an denen Helge ein unerklärliches Vergnügen hatte, oder das Genie selbst, indem es Atome spaltete oder zur Schlacht um Waterloo blies. Gut, wir gehen also über die Felsen und ich suche nach etwas, von dem ich erzählen könnte, da geht Helge auf einmal völlig unvermittelt auf mich los. Es hatte den Anschein gehabt, als sei er vollkommen friedlich neben mir hergegangen, dabei ist er voller Groll und Wut, die Augen blitzen, die dünnen langen Ärmchen schütteln geballte Fäuste. Es wäre natürlich reine Formsache, ihn außer Gefecht zu setzen, ich bin ja viel stärker, aber sein völliges Außersichsein nimmt mir den Wind aus den Segeln. Seine Hiebe prasseln auf mich ein und ich weiß nicht, wie die Sache ausgegangen wäre, wenn Flinker Hirsch nicht seelenruhig bemerkt hätte: »Bleichgesicht wütend, aber nicht stark.« Da bricht der Bann in mir und ich ringe Helge zu Boden. Sein Zorn verfliegt wie ein Fingerschnipsen, ich lockere den Schwitzkasten, er rappelt sich auf und fängt an, mir von einem Xuan Zang vorzuschwafeln, der im Jahr 629 zu einer legendären Reise nach Indien aufgebrochen sein soll. Wie man an seinem Namen erkennt, war er Chinese. Fünf Jahre war er unterwegs und brachte eine ganze Maultierkarawane mit zurück. Helges Gesicht leuchtet auf, während er mir das alles erzählt. Er behauptet, er habe nichts von diesem Xuan Zang gewusst, bis ihm sein Vater am Vortag von ihm berichtet habe. Und gestern las Helge dann alles, was sich Olav über Zang notiert hatte.

Ich: »Aber warum bist du so ausgeflippt?«

Helge: »Was hat das mit Xuan Zang zu tun?«

Ich: »Wie bitte?«

Helge: »Stell dir all das Wissen vor, das dieser Xuan Zang gesammelt haben muss, wenn dreißig Maultiere daran zu schleppen hatten. Versuch dir einmal auszumalen, was er alles gewusst haben muss! Und du willst über lauter belangloses Zeug reden. Manchmal verstehe ich dich wirklich nicht.«

Großvater ruft seinen Bruder, den Dichter, an. Dadurch erfahre ich mehr, als Helge weiß. Das Zusammentreffen rückt näher

Helge zeigt keinerlei Interesse, die Brüder zu treffen. »Was könnte ich von denen schon lernen?«, fragt er spöttisch.

Da habe ich eine Idee. Ich gehe zu Großvater.

»Opa«, sage ich und bin entschlossen, die Karten auf den Tisch zu legen. »Ich muss etwas wissen, das Helge nicht weiß und das trotzdem wichtig und bedeutungsvoll ist. Alles andere zählt nicht.«

Oh ja, mein Großvater! So manch einer hätte gefragt: »Was ist schon ohne Bedeutung?« Manch einer wäre mit Ausflüchten gekommen oder hätte sonst wie versucht, die unbestreitbare Tatsache zu überspielen, dass Großväter, selbst wenn sie viele Menschen kennen und fünfzig Jahre lang die Zeitungen gelesen haben, trotzdem weniger wissen als ein zehnjähriger Junge.

Mein Großvater aber legt die Stirn in Falten und denkt nach. Er sitzt in seinem Lehnstuhl, legt das Buch beiseite: Gunnar Gunnarsson, Werke Band VII. Bischof Jón Arason ist inzwischen tot, die verdammten Schweinehunde haben ihn und seine beiden Söhne geköpft. Die letzten Worte Jón Arasons waren auf Latein. Großvater und ich können kein Latein, aber wir sind sicher, dass er mit viel Anstand und Würde starb, ebenso sein Sohn Ari, der war auch klasse, hatte immer einen coolen Spruch drauf; ganz anders als sein Bruder, Pastor Björn, der immer flennte und herumheulte. Teufel, fand ich den erbärmlich, das habe ich ihm nie verziehen, sosehr Großvater auch versuchte, ihn in Schutz zu nehmen. Jetzt liest Großvater gerade das Werk, das auf Herrn Jón Arason folgte: *Svartfugl.* Tierisch spannend, eine Bande von dreißig Mann reitet durch Berge und Täler, treibt ihr Unwesen, raubt und plündert, mordet und brandschatzt und niemand wagt etwas dagegen zu unternehmen bis auf Eyjólfur Kolbeinsson, der sich ihnen mit seinem Mut und seiner Gewitztheit entgegenstellt, während er nebenher in irgendeine unbedeutende kriminelle Angelegenheit verwickelt wird. Ein unglaublich gutes Buch und Tarzan und Flinker Hirsch kommen ins Wohnzimmer gelaufen und wollen mehr aus *Svartfugl* hören. Ich stelle mich taub. Opa, hör nicht auf sie, du musst mir etwas Handgreifliches liefern, etwas Historisches, etwas, das Helge noch nicht weiß! Großvater runzelt die Brauen. Tarzan und Flinker Hirsch ziehen mit enttäuschter Miene ab.

Großvater stopft die Pfeife, zündet sie an. In jenen Jahren war Tabak noch nicht sonderlich ungesund und daher war es ganz in Ordnung, auch in Gegenwart von Kindern zu rauchen. Damals starb man noch nicht am Rauchen, oder nur ganz wenige. Erst später, als man dies und jenes über den Tabak herausfand, begannen die Menschen scharenweise an den Folgen des Rauchens zu sterben.

Großvater denkt nach.

Großvater ruft Großmutter.

Großvater und Großmutter zerbrechen sich die Köpfe.

Großmutter sagt: »*Det er ikke* gesund mit diesem Jungen«, und meint Helge damit. Trotzdem hast du uns geholfen, Oma, das war lieb von dir. Du hast begriffen, wie wichtig die Angelegenheit für mich war, und das ist nicht selbstverständlich für einen Erwachsenen.

»Das meiste, das in Büchern steht, *veit hann*, aber kennt er auch das Neueste, etwas, das gerade erst geschieht und wichtig ist?«

Da fällt Großvater der Vietnamkrieg ein. Vietnam ist unglaublich weit weg, auf der anderen Seite der Erde sozusagen, aber es ist vielleicht noch nicht ganz vergessen, dass tief in seinen Dschungelwäldern noch ein norwegischer Arm liegt. Der Vietnamkrieg ist gerade erst vorüber. Großvater ruft seinen Bruder, den Dichter, an. »Der weiß alles über diesen Krieg.«

Großmutter: »Dein Bruder ist ein Aufschneider.«

Großvater greift zum Telefon, der Bruder hebt ab. Großvater kommt gleich zur Sache, er weiß, dass die Angelegenheit keinen Aufschub duldet. Wenn es um geschriebene Geschichten geht, kennt sich keiner besser aus – da hätte Opa eine Auszeichnung oder ein Denkmal verdient. Doch Großvater bittet um Auskünfte über den Vietnamkrieg, aber bitte etwas Verlässliches, etwas, das über Meinungen und Politik erhaben ist.

»*Dette* hätte er nicht sagen sollen«, murmelt Großmutter und wir sehen den betrübten Ausdruck auf Opas Gesicht. Sein Bruder, der Dichter, spricht so laut, dass Großvater den Hörer ein Stück vom Ohr weghält, dann legt er ihn beiseite, holt ein Buch aus dem Regal und nimmt den Hörer wieder in die Hand.

»Auf welcher Seite?«, fragt er. »Soll ich das alles lesen? Laut?«

Großvater liest ein Gedicht seines Bruders über eine Flut von Schmerz, die sich in Wälder ergießt; ein norwegischer Arm kommt nicht darin vor. Es ist ein ziemlich langes Gedicht und ein ziemlich langweiliges. Irgendwann sagt Großvater: »Es wäre ein besseres Gedicht, wenn es Binnen- und Endreime hätte, dann würde einem der Sinn leichter eingehen.«

Großmutter ringt die Hände.

Großvater und sein Bruder streiten sich, ob Reim oder nicht. Ich beginne zu verzweifeln. Großmutter kritzelt ein paar Wörter auf einen Zettel und schiebt ihn Großvater zu. Der hebt an: »Jetzt pass mal auf, Bruder«, und als er fünf Minuten später den Hörer auflegt, ist er im Besitz verlässlicher Angaben über Armeestärken, wichtige Schlachten und die Namen der Generäle. Am nächsten Morgen mache ich Helge ein Angebot: Wenn ich es schaffe, bei ihm dreimal eine Wissenslücke in weltwichtigen Dingen aufzudecken, muss er sich mit den Brüdern treffen. Helge zögert, wittert eine Falle, doch seine Selbstgewissheit und sein Hochmut bringen ihn zu Fall. Er grinst, stellt aber eine Bedingung: Nicht mehr als zehn Fragen sind erlaubt und wenn er davon drei nicht beantworten kann, wird er sich mit diesen Banausen treffen. Ich erkläre mich einverstanden. Ich bin so was von verschlagen! Erst frage ich ihn nach dem Krieg in Korea vor vielen, vielen Jahren. Korea ist noch weiter weg als Vietnam, wenn das überhaupt möglich ist. Vier Fragen dazu, Helge kennt sämtliche Antworten. Dann gehe ich zu Vietnam über. Helge beantwortet die ersten zwei, dann kommt er ins Stottern. Ich bin höflich in meiner Hinterhältigkeit und nutze alle zehn Fragen aus. Aber am Ende muss er sich stammelnd geschlagen geben, rot im Gesicht, sein Blick ist nicht gerade freundlich, aber das ist mir egal. Ich habe erreicht, was ich wollte.

Das Treffen

Eins

Auf den ersten Blick betrachtet, verlief das Treffen recht bedeutungslos; trotzdem sollte es seine Folgen haben, nur kamen die erst zwanzig Jahre später ans Licht.

Björn und ich wählten einen neutralen Ort, einen Park in einiger Entfernung.

Die Sonne hatte sich zwei Tage nicht blicken lassen, das weiß ich noch. Ich erwache, froh, nicht von der Spinne geträumt zu haben, glücklich, sie nicht unter dem Bett zu finden, und voller Hoffnung, meine drei Freunde vereinen zu können. Ich schaue zum Himmel auf und mache mir nichts aus den Wolken. Wolken bilden sich, wenn Luftfeuchtigkeit kondensiert.

Zwei

Wir warten zu dritt im Park. Björn, Erik und ich.

Helge kommt. Seine Rolle als Außenseiter steht ihm ins Gesicht geschrieben.

Ich sehe sofort, dass das nicht gut gehen wird.

Dann geht es überhaupt nicht.

Helge steht stocksteif vor uns.

Erik hat die Hände in die Hosentaschen gegraben und gähnt.

Helge kreuzt die Arme und presst die dünnen Lippen zusammen.

So stehen wir einander gegenüber.

»*Jæja*«, sage ich, weil das eine sichere Äußerung ist. *Jæja* ist wie der Eckpfosten in einem Zaun. Ich sage noch einmal *Jæja* und damit ist die Unterredung zu Ende. Erik zuckt die Schultern. Helge dreht sich um und geht, verschwindet. Erik ebenfalls. Keine guten Aussichten für Kinderwagen und Autos, Ampeln, Verkehrsschilder, Türen und Räder, wenn Erik so unbeaufsichtigt unterwegs ist, Schraubenzieher und Schraubenschlüssel in den Taschen, aber Björn und mir ist das gerade vollkommen schnurz. Wir setzen uns auch in Bewegung, ohne festes Ziel, wir haben völlig den Überblick verloren. Da steht ein Streifenwagen, die beiden dazugehörigen Polizisten essen Würstchen, sie reden mit vollem Mund mit dem Würstchenmann, dann lachen sie alle drei und einer der Polizisten hält sich die Hand vor den Mund. Björn und ich gehen zu dem Streifenwagen. Ich greife durchs offene Fenster nach dem Zündschlüssel, Björn lässt die Luft aus einem der Vorderreifen. Der Wagen sackt etwas zur Seite, als würde er in Tränen ausbrechen. Die Polente dreht uns den Rücken zu, der Würstchenmann hat das Radio laut gedreht. Wir gehen zu ihnen hinüber.

»Hallo, Herr Polizist«, sagt Björn.

Sie drehen sich um, sehen zwei aufrichtig dreinblickende Jungen vor sich, die einen etwas aufgeregten Eindruck machen. »Da waren zwei Rowdys, die haben Ihnen die Luft aus den Reifen gelassen.« Björn zeigt auf den Streifenwagen mit Schlagseite, dessen Auspuff müde stottert, dann zeigt er in Richtung der Bäume: »Da sind sie hingelaufen und ich hoffe, sie beobachten uns jetzt nicht, denn dann gibt's Kloppe.«

Einer der beiden Beamten sagt, wir seien sehr anständige Jungen.

Björn sagt, seine Mutter lege Wert darauf, dass man der Polizei … ähemm … Respekt erweise. Ich nicke zustimmend. Die Autoschlüssel brennen heiß in meiner Hosentasche. Die Polizisten tätscheln Björn den Scheitel, mir auch, und der eine sagt: »Wenn nur alle Jungen so wären wie ihr.« Der andere schenkt uns etwas Geld. Der Würstchenmann beeilt sich, uns ein paar Hotdogs fertig zu machen, und spendiert sie uns. Besser hätte es nicht laufen können. Die Polizisten gehen zu ihrem Wagen.

»He«, flüstert Björn, »verdrücken wir uns!«

Drei

Und das tun wir.

Teil V

Well, wir kämpfen gegen Diamantenräuber, doch verschwundene Unterhosen sind unheilverkündendes Wetterleuchten am Himmel Afrikas

Wo Leben ist, da ist auch Tod

Ich fürchte, es geht auch ein wenig um den Tod in diesem Buch. Das ist bedauerlich, aber es kommt daher, dass Großvater von der Leiter fiel. Und dann starb auch Großmutter, obwohl sie aus Stahl war, und Großvaters Bruder, obwohl er sich besser als andere auf die Macht der Worte verstand. Ihr Tod aber war etwas anderes, sie waren alt, besonders Großmutter; alte Menschen sterben nun einmal und wenn man die Leere nicht so sehr fürchtet, die sie hinterlassen, dann ist nicht viel dazu zu sagen. Großväter aber, die nicht einmal fünfundsechzig Jahre alt sind, sollten auf keinen Fall von der Leiter stürzen, so etwas tut man einfach nicht und außerdem hätte nicht viel gefehlt und auch ich hätte diesen sonnendurchfluteten Sommer in Norwegen nicht überlebt. Und ich war erst zehn.

Die Nacht

Wenn man zehn Jahre alt ist, wacht man selten nachts auf und das ist gut so. Am Tag ist ein Stuhl im Zimmer ein Stuhl und was draußen vor dem Fenster steht, ist ein Baum. In der Nacht aber ist der Stuhl etwas ganz anderes, von dem man sich besser fernhält, und man sollte auch nicht aus dem Fenster sehen, denn da breiten kohlschwarze böse Geister ihre krummen Arme aus und packen alles, was nicht schläft. Falls man dennoch einmal aufwacht, dann ist es am besten, liegen zu bleiben, auf keinen Fall sollte man durchs Haus laufen! Hab irgendein Gefäß nahe am Bett, in das du pinkeln kannst, und tu es mit geschlossenen Augen! Wer sie öffnet, ist mit ziemlicher Sicherheit erledigt. Und kletterst du trotz allem aus dem Bett und geisterst durchs Haus, ja, dann wirst du nicht viel Spaß daran haben, am Leben zu sein.

Wenn Großmutter und Großvater zu Bett gehen, sind sie beide sicher und verlässlich wie Riesenkiefern. Das, was du nachts in ihrem Bett liegen siehst, kommt dir vielleicht irgendwie vertraut vor, aber das ist nur eine Täuschung. Du darfst auf keinen Fall in seine Nähe kommen, unter keinen Umständen! Du solltest zusehen, so schnell wie möglich zurück in dein Bett zu kommen. Was hast du auch im Wohnzimmer verloren? Das Sofa greift nach dir, die Vorhänge versuchen dich zu erwürgen, der Teppich ist eine trügerisch dünne Haut über einer abgrundtiefen Grube der Finsternis, auf deren Grund ein wimmelndes Knäuel weißer Würmer. Mach, dass du ins Bett kommst! Kein Blick hinüber zum Bücherregal – man kann nie wissen, was sich da verbirgt. Und verirre dich bloß nicht in das Zimmer deiner Schwester, die ein hohles, dunkles Lachen ausstößt. Ab ins Bett! Unter die Decke, und schließ die Augen! Denk an was Schönes! Denk an:

Die Sonne.

Die leichte Brise, die die Blumen umspielt.

Nussnougatcrème.

Die gestorbene Frau.

Es sterben viel zu viele.

Das Grab.

Was unten in der dunklen Erde liegt.

Was sich in der Dunkelheit aufhält.

Das Böse.

Da weiß ich, was mich geweckt hat. Ich weiß, was mich aus dem Bett gescheucht, mit Angst erfüllt und durch das Haus voll unbekannter Wesen gejagt hat.

Die Spinne.

Sie hat sich geregt.

Jetzt hebt ihr dicker Leib die Matratze an, ich falle fast aus dem Bett. Sie kommt auf den Bettvorleger gekrabbelt. Tiefschwarze Fühler zittern in der Luft. Alles ist aus. Ich bin aber doch erst zehn.

Ihre Fühler kribbeln überall um mich herum, ich weiß nicht, ob sie mich in ihr geiferndes Maul zerren will oder in ein Dunkel, in dem die Zeit stillsteht. Ich weiß nicht, ob sie mich mit Haut und Haar frisst oder ob sie mich aussaugt und meine leere Hülle zurücklässt.

Ich bin erst zehn.

Jetzt kann Großvater mir nicht mehr helfen, ich habe doch gesehen, dass er in seinem Bett liegt. Irgendwas ist passiert, vielleicht passiert es jede Nacht, ich weiß es nicht, ich bin erst zehn und von Furcht gelähmt. Etwas wickelt sich um mein linkes Bein und ich werde ganz langsam aus dem Bett gezerrt. Ich falle zu Boden. Ich wispere um Hilfe, meine Stimme bricht. Schleimige Fühler schlingen sich um meinen Hals, um die Brust, ich werde in die Höhe gehoben. Da gibt mir meine Angst die Kraft, laut und gellend zu schreien. Ich habe noch nie im Leben so laut gebrüllt, aber die Spinne hört nichts. Der Schrei dringt durch die Wälder und es muss furchtbar gedröhnt haben, denn die

Schlange versucht sich wie ein Wurm in der Erde zu verkriechen, die Affen fallen von den Bäumen, schlafende Vögel schrecken auf und Tantor, der Elefant, trompetet erschrocken. Dann ist ein leises Knurren zu hören. Das leise Knurren ertönt und Tarzan kommt durch die Wand, jeder Muskel gespannt, das Messer in der Hand. Leicht gebeugt steht er da und fixiert die Spinne. Zum ersten Mal spüre ich ein leichtes Zögern bei ihr. Ihr Griff lockert sich ein klein wenig, dann wird er wieder strammer und ihre Fühler züngeln zu Tarzan hinüber. Sie muss verrückt sein, immerhin ist das Tarzan! Tarzan springt hoch, unheimlich hoch – dabei stößt er mit dem Kopf gegen die Decke und tut sich weh, aber die Zangen greifen ins Leere. Dann erschallt ein Furcht einflößender Kriegsruf, Flinker Hirsch kommt durch die Luft geflogen, landet auf dem haarigen Rücken des Ungeheuers und Tarzan springt vor. Im gleichen Moment lässt mich die Spinne fahren, ihr wird klar, dass sie jetzt alle Kraft braucht, um sich zu verteidigen.

»Geh ins Bett!«, ruft Flinker Hirsch. »Zieh dir die Decke über den Kopf und steck dir die Finger in die Ohren!«

Ich gehorche ohne nachzudenken, aber der Lärm ist so gewaltig, dass ich trotzdem das Knurren und Keuchen meiner Freunde höre, das Schnappen der Greifzangen und das Peitschen der Fühler. Dann wird es plötzlich still.

Totenstill.

Eine Hand auf meiner Schulter.

Ich blicke auf.

Da stehen, blutbesudelt, meine Freunde und lächeln auf mich herab, die Spinne liegt tot am Boden, in Stücke gehackt, zerquetscht. Schwarze Fetzen und eklige Eingeweide über das ganze Zimmer verteilt. Wir brauchen bis zum Morgen, um alles aufzuräumen, in Säcke zu sammeln, sämtliche Überreste zu beseitigen. Ich habe verdammt wenig Schlaf bekommen in dieser Nacht.

Seekühe, Deutsche in voller Kampfmontur. Dann erscheint Oma auf dem Schlachtfeld und hat einiges zu erzählen

Der Bunker auf den Felsen. Da standen einmal die Deutschen mit Gewehren und hielten Ausschau übers Meer, diese blinkende Fläche, die sich in alle Richtungen erstreckt, die Welt der Fische, der Schleppnetze, ertrunkener Menschen, untergegangener Schiffe, die Welt der Meerjungfrauen und der Seekühe. Großvater hat mir von den Seekühen erzählt. Sie sind etwas Besonderes. Sie bekommen nie Euterentzündung, geschweige denn ernsthafte Krankheiten oder Bakterien. Alle Bauern träumen davon, eine Seekuh zu halten, aber mittlerweile haben Quotenregelungen und die Forderung der Behörden nach Abstammungsnachweisen für das Vieh sie so gut wie ausgerottet. Stiefmutter hat einmal eine Seekuh gesehen. Ich berichte Helge von den Seekühen, aber er sagt abfällig, er habe noch nie einen solchen Blödsinn gehört, und an den folgenden Tagen fängt er manchmal spöttisch an zu muhen. Nein, mit Gespenstern, Trollen, Strandläufern oder Seekühen ist bei Helge kein Blumentopf zu gewinnen. Er schnaubt bloß, grinst verächtlich und fragt: »Wo ist der Beweis? Wo ist die chemische Formel?« Verdammter Klugscheißer, der alles besser weiß und nichts versteht! Aber gut, Helge und ich hocken im Bunker und der saugende Laut der Brandung dringt durch die schmalen Schießscharten.

Er soll mir etwas von diesem Bunker erzählen, vorher lasse ich ihn nicht davonkommen, aber erst will er noch etwas von einem Asteroidengürtel zwischen Mars und Jupiter loswerden. Meinetwegen, denn während in Helges Mund der Kosmos summt, fantasiere ich von den Zeiten, in denen hier die Deutschen in voller Kampfausrüstung stationiert waren. Bestimmt war jede Sekunde voller Spannung. Dramatische Musik, Helden und Bösewichte. Früher war ich der Meinung, alle Deutschen wären die Bösen. Man hatte schließlich Bücher gelesen und Kriegsfilme gesehen (zusammen mit Papa; Stiefmutter war in ihre Heimatgegend gefahren, um dort Schafsköpfe zu flämmen, Seehunde zu häuten und das Fell von Trollen zu gerben. Währenddessen schauten wir fern. Stiefmutter konnte Fernsehen nicht leiden, sie verachtete es, und wenn sie da war, versuchte man alles, was in den eigenen Kräften stand, sich nicht ihre Verachtung zuzuziehen, denn das war ungefähr das Gleiche, wie einen Eisberg auf den Schoß zu kriegen). In diesen Filmen waren die Deutschen immer die Bösen. Einmal sah ich auf einem Bild im *Morgunblaðið* unseren Ministerpräsidenten neben einem deutschen Politiker. Beide lächelten und schüttelten sich die Hände. Ich erinnere mich noch, dass ich entsetzt und wütend zugleich war. Wie konnte man einen solchen Verbrecher anlächeln? Ihm die Hand reichen? Wenn man sich das Bild genau ansah, konnte man in der Tasche des Deutschen deutlich die Umrisse einer Luger abgezeichnet sehen. Ich fragte meinen Vater, ob er die Regierung nicht vor den Deutschen warnen wolle. Ich sagte: »Papa, es ist traurig, aber auf einen kleinen Jungen hört kaum jemand, deswegen musst du ihnen Bescheid sagen.« Papa versprach, etwas zu unternehmen. Aber ich bin ja dann nach Norwegen gereist, in diesen Vorort, und gerade habe ich meine Spielzeugkiste in Deutsche und Engländer aufgeteilt. Es ist Krieg und die Deutschen kriegen kräftig die Hucke voll. Den Bösen keine Gnade! Da steht auf einmal Großmutter über mir. Ich sage ihr, sie soll lieber wieder gehen. Krieg ist nichts für Frauen. Da haben sie die Hosen voll, heulen die ganze Zeit und fallen in Ohnmacht. Meine Großmutter aber stellt sich zwischen die Armeen, sie ragt über das Schlachtfeld auf wie eine zur Erde herabgestiegene Gottheit. Sie erteilt mir Befehl, mich auf einen Stuhl am Tisch zu setzen, und nimmt die Zigarette aus dem Mund.

»*Nu skal* ich dir mal was sagen«, erklärt sie mit ihrer etwas rauchigen Stimme, hustet trocken und fängt an, vom Krieg zu erzählen.

Natürlich bin ich Feuer und Flamme und erwarte, dass Panzer aus ihrem Mund gerollt kommen und sich die Stukas der Deutschen heulend von ihrer Nasenspitze stürzen, aber es folgt nur eine harmlose Geschichte über eine deutsche Einheit in einem norwegischen Bergdorf. Großmutter war während des Krieges dort, und die Deutschen waren ganz gewöhnliche Menschen, einige bloß verschüchterte Jungen, die das Schicksal und ihre Befehlshaber in Uniformen gesteckt und in die Welt hinausgeschickt hatten.

»Aber Oma«, sage ich und wundere mich über ihre Ahnungslosigkeit. »Aber Oma, ich werde dir sagen, wie es wirklich war.« Und dann erzähle ich ihr von der weltbekannten Schlechtigkeit der Deutschen. Ich kläre sie darüber auf, wie gut die Briten und die Amerikaner sind, die im Krieg viel gesungen haben und immer saubere Uniformen trugen. Als Großmutter den Kopf schüttelt und sogar zu lächeln anfängt, nenne ich zwei Kriegsfilme und glaube, damit jeden Zweifel auszulöschen. Da aber wird sie ungehalten und sagt: »Verdammter Unsinn!« Sie erinnert mich an die Cowboyfilme – ich hatte sie und Großvater vor diesen Filmen gewarnt, weil sie völlig idiotisch sind und Indianer zu Bösewichtern oder Blödmännern stempeln. Jetzt sagt Großmutter, in den Kriegsfilmen seien die Deutschen eine Art Indianer und es sei immer so, dass der, der einen Krieg verlöre, hinterher nicht viel zu melden habe. Das sagt meine Großmutter und es bleibt nicht ohne Eindruck auf mich, mir geht so das eine oder andere Licht über die Welt auf.

Dann sagt Tarzan: »Blöde Kinofilme. Blöde Amerikaner, die diese blöden Filme produzieren.«

Und Flinker Hirsch nickt zustimmend mit dem Kopf. Er ist nämlich Indianer und nicht Amerikaner.

Tarzan: »Kommt, wir gehen in den Bunker!«

Der Bunker

Eins

Helge behauptet, es gebe nichts Aufregendes am Bunker. Er liest die Anschläge mit den Wachzeiten vor und schildert die Monotonie: Die Soldaten standen bloß da, glotzten übers Meer und nichts geschah. Doch als ich nachfrage: »Wirklich nichts? Ist hier niemand getötet worden?«, da sagt Helge: »Doch, einmal wurde ein Soldat mit einem Messer im Herzen aufgefunden. Aber es war nur ein Küchenmesser. Ein eifersüchtiger Norweger, dem der Deutsche das Mädchen ausgespannt hatte. Idiotisch!« Helge nörgelt noch etwas über den Krieg, murmelt von großen Ereignissen und verschwindet. Ich bleibe allein im Bunker zurück und lausche dem saugenden Atem der Brandung. Vielleicht hat Helge Recht: Ein Messerstich ist nicht gerade viel für sechs Jahre Weltkrieg. Aber man darf auch nicht außer Acht lassen, dass Helge nichts von Helden weiß, keine Trauer kennt und keine Stiche im Herzen. Ich dagegen habe schon einiges erlebt, so manches durchgemacht und kann die Geschichte des Bunkers daher auf die richtige Weise nachempfinden. Ich weiß, was hier geschehen ist. Mitten in der Nacht.

Zwei

(Diese Episode ist Helge gewidmet, mit Dank für alles)

In einer pechschwarzen Nacht hat sich ein junger Norweger zum Bunker geschlichen, sein Messer blitzt auf, als Mondlicht durch einen Wolkenspalt fällt. Er ist Widerstandskämpfer, ein Held. Zur Zeit aber denkt er nur an die Frau, die er verloren hat, und an ihre Augen. Im Bunker halten sich vier oder fünf deutsche Soldaten auf. Ich erinnere noch einmal daran, dass die Deutschen keineswegs nur Böse und Verbrecher sind wie in den Kriegsfilmen, auch auf ihrer Seite gibt es Helden, die meisten aber sind ganz normale junge Männer, die ihre verbrecherischen Anführer in Uniformen gesteckt und in den Krieg geschickt haben. Jetzt muss einer von diesen Deutschen austreten. Es ist der, der sich in ein norwegisches Mädchen verliebt hat. Er pieselt draußen und hält den Blick in die Dunkelheit gerichtet. Als er sich umdreht und wieder in den Bunker will, steht der Norweger vor ihm. Der Deutsche hätte leicht seine Kameraden alarmieren oder nach seiner Luger greifen können, aber er weiß, weshalb der Norweger gekommen ist, wegen jener Augen, und die beiden beginnen in der pechschwarzen Nacht schweigend miteinander zu ringen. Dann dringt ein Messer in einen Körper und trifft das Herz. Eine ganze Weile vergeht. Die Wolkendecke am Nachthimmel reißt auf, der Mond wirft sein bleiches Licht auf den Norweger, die Sterne funkeln aus großer Entfernung. Dann ertönt plötzlich ein Schrei: »Ich habe ihn getötet! Ich habe diesen verfluchten Nazi umgebracht! Tod den Deutschen!« Die Wachsoldaten stürzen mit Maschinenpistolen im Anschlag aus dem Bunker, finden ihren Kameraden mit durchstochenem Herzen, sie schwärmen über die Felsen aus, ballern los in sämtliche Richtungen. Der Widerstandskämpfer läuft zum Meer hinab, stürzt sich ins Wasser und schwimmt, schwimmt weit hinaus, bis ihn die Kräfte verlassen und er untergeht. Das Meer schließt sich über ihm, der Mond und die Sterne verlöschen.

So hat sich das zugetragen. Ich kann es fühlen.

Ich erzähle die Geschichte Tarzan und Flinker Hirsch und sie stimmen mir zu, dass es sich so ereignet haben muss. Und manchmal, spät nachmittags, wenn es schon auf den Abend zugeht, die Sonne unter ihrer übergroßen Müdigkeit zu sinken beginnt und wir drei von Traurigkeit befallen werden, dann gehen wir über die Felsen, lassen uns beim Bunker nieder und blicken über das schläfrige Meer. Kurze Zeit später taucht der Deutsche auf. Er setzt sich zu uns, seufzt tief. Dann schweigen wir zusammen. Schwere Stille macht sich breit, man hört nur das Meer und das Geräusch, mit dem der Wind durch den Herzstich pfeift.

Ein Versäumnis Gottes wird aufgedeckt

Großmutter wollte alles an seinem rechten Platz haben. Sie bestand darauf, dass Ordnung und Disziplin das halbe Leben seien, sonst würde das vollkommene Chaos ausbrechen. Großvater stimmte zu, das sei absolut richtig. Trotzdem trug er einen heimlichen Drang zur Unordnung in sich, vielleicht war er nicht sonderlich stark, aber hier und da verschaffte er sich in fast unmerklichen Kleinigkeiten Luft. Vielleicht ist die Unordnung im Kofferraum seines Wagens noch in Erinnerung. Und manchmal faltet Großvater Handtücher falsch zusammen, stellt Großmutters Kaffeebecher nicht an seinen richtigen Platz, verändert die Einstellung der Rückenlehne im Wolga. Ganz sicher nichts Ernsthaftes, aber genug, um Großmutter aus der Fassung zu bringen. Es könnte sein, dass dieser Hang zur Unordentlichkeit in den Genen der Familie liegt, oder was soll man von Folgendem halten: Mittlerweile befinden wir uns auf Seite 139 dieser Geschichte, die eigentlich von meiner Schwester und einem Ereignis von weltgeschichtlicher Tragweite im Zusammenhang mit ihr handeln sollte, aber Sie sehen ja, wie weit wir gekommen sind. Großmutter hätte mir ganz schön den Kopf gewaschen für diese Planlosigkeit. Sie hätte sich mit erhobenem Zeigefinger vor mir aufgebaut und ich hätte ordentlich was von ihr zu hören bekommen. Aber Großvater hätte hinter ihr gestanden und mir über ihre Schulter hinweg zugezwinkert. Warum sollte ich mich mit meiner Schwester abgeben, wenn überall Abenteuer locken und ich mit den Brüdern losziehen und alles Mögliche aushecken kann.

Manchmal schleichen Björn und ich uns zum Haus des Mörders. Dann pirschen wir uns zum Garagenfenster vor. Ich klettere auf Björns Schultern oder er auf meine und wir spähen ins Dunkel. Nicht selten kann man die Frau drinnen erkennen, die, die er umgebracht hat. Wenn es dunkel wird, geht sie um, dann wandelt sie mit kalkweißem Gesicht in der Garage auf und ab. Wer ihr in die Augen schaut, verliert den Verstand oder fällt auf der Stelle tot um. Ich will gar nicht da hineingucken, aber es gibt kaum etwas, das einen stärker lockt. Man steigt Björn auf die Schultern, presst das Gesicht an die Scheibe und weiß, dass einem das letzte Stündlein geschlagen haben könnte. So spannend und voller Gefahren ist das Leben. Manchmal lugen wir auch heimlich ins Haus, man kann ja nie wissen, ob er nicht gerade dabei ist, seine zweite Frau abzumurksen. Dann rufen wir die Polizei und wenn sie inzwischen den Reifen wieder aufgepumpt und Schlüssel hat nachmachen lassen, dann kommt sie wie der Blitz. Einmal haben wir gegen das Auto des Mörders gepinkelt, in hohem Bogen über die Motorhaube, und ich habe es sogar geschafft, den Strahl bis hinauf aufs Dach zu richten. Das war vielleicht stark! Aber in der Nacht hatten wir beide Alpträume.

Es ereignete sich also eine ganze Menge. Einmal zum Beispiel hatte Arne Geld; da rief er mich und Sigfred an, Sie wissen schon, den Sänger. Mein lieber Scholli, den eigenen Namen aus Arnes Mund zu hören, das war keine Kleinigkeit! Das habe ich zwar schon einmal gesagt, aber manche Dinge sind so wichtig, dass man sie einfach mehr als einmal erwähnen muss. Es war so etwas wie eine göttliche Erscheinung. Ja, man fühlte sich wie diese Typen im Alten Testament, über denen sich der Himmel auftat, Gott selbst im Spalt erschien und irgendwas verkündete. Der Unterschied ist nur, dass Arnes Ruf für mich das pure Abenteuer und jede Menge Spaß bedeutet, während diese Kerle in irgendwelchem Schlamassel landeten und echt was durchmachen mussten, total traurig wurden und so. Egal, Arne rief mich und Sigfred an, Arne hatte Geld, eine ganze Menge sogar, und wollte es sofort auf den Kopf hauen.

Wir bestellen uns ein Taxi.

Man holt tief Luft.

Besser geht es ja wohl nicht.

Es ist also jedenfalls viel cooler, ein Junge in Arnes Umgebung zu sein als so ein Knabe aus dem Alten Testament. Gott hat nie gerufen und gesagt: »He, ich hab Kohle. Die hauen wir auf den Kopf. Wir rufen ein Taxi.« Nein, so viel Spaß hatten die nicht und ich finde, Gott hat was falsch gemacht, er hätte zu Moses, Abraham, Jesaja oder wie sie alle hießen, ruhig mal sagen können: »He, kommt, wir ziehen diesem ewig schlecht gelaunten Mohammed die Zeltpflöcke raus! He, kommt, wir beobachten die Mädels beim Baden! Los, wir laufen bis zu dem Stein da um die Wette!«

Ich bin überzeugt, dann wäre es nicht so düster auf der Welt. Sie wäre ein hellerer und glücklicherer Ort, wenn Gott und Moses Mohammed einmal die Zeltpflöcke rausgezogen hätten und sich anschließend kichernd vor dem Kerl, der ihnen tobend auf den Fersen war, in Sicherheit hätten bringen müssen.

Bevor ich mich konzentriert der Erzählung von meiner Schwester und dem Ereignis von weltgeschichtlicher Bedeutung zuwende, möchte ich erst noch mit Arne und Sigfred Taxi fahren

Wir hocken auf der Rückbank des Taxis, und die Freude brennt Feuerwerksraketen ab, die pausenlos in meinem Kopf explodieren. Ein wenig besorgt blicke ich aber auch auf die Furcht einflößenden Schultern des Taxifahrers, breit wie Bergschultern, und seine Arme sind so dick, dass es sicherlich übermenschlicher Kraft bedarf, sie überhaupt anzuheben. Sie könnten auch den wildesten Jungen bändigen, indem sie sich einfach auf ihn legten. Arne weist ihn an, die Straße zweimal auf und ab zu fahren. Arne erteilt Anweisungen wie ein Kaiser oder wie ein Fußballtrainer. Wir kurbeln die Fenster runter, nicken lässig den anderen Kindern zu. Da stehen die Brüder, Gott, sehen die erbärmlich aus, genau wie all die übrigen, grau und armselig. Unsereiner aber sitzt hier. Genau hier.

Wir verlassen das Viertel.

»Wohin?«, fragt der Taxifahrer und schon dieses eine Wort, dieses kleine Fragewörtchen versetzt seine Wangen in ein leises Beben, das allerdings bald irgendwo in seinem massigen Fleisch verebbt. Für einige Atemzüge werden seine Masse und sein Gewicht erdrückend und mir wird sehr unbehaglich. Dann aber wirft Arne das Geld auf den Beifahrersitz. »Immer an der Küste lang, so weit das hier reicht!«

Der Fahrer hält etwa eine gute Wegstunde zu Fuß von unserem Viertel entfernt. Wir steigen aus, das Taxi verschwindet. Arne blickt hinaus aufs Meer. »Stellt euch mal all die Abenteuer vor, die sich da draußen ereignen!« Sigfred fängt an zu singen, ein bekanntes Lied über einen Willie, und solange er singt, vertraut mir Arne Verschiedenes an, er hebt mich aus der Menge heraus, macht mich zu etwas Besonderem. »Isländer«, sagt er, »ich werde weit aufs Meer hinauskommen, ich werde durch ferne Länder reisen und an Staunen erregenden Küsten aufwachen und ich verspreche dir, in genau zwanzig Jahren werde ich anfangen, dir Postkarten zu schicken. Ich werde dir Karten schicken, solange ich lebe, ich werde dir von meinen Abenteuern und von fernen Städten berichten. Mein Leben wird ein einziges Abenteuer und du, Isländer, wirst daran teilhaben dürfen. Aber jetzt gehen wir erstmal zurück.«

Ich hüpfe einen halben Tag lang umher

Es war Großvater, der behauptet hat, meine Schwester sei krank. »Sie ist doch nur krank«, hat er damals schon aus den Büschen auf Seite 32 gesagt, zu Beginn jenes längst vergangenen Sommers, in dem die Westdeutschen die Holländer 2:1 schlugen und die Laudrup-Brüder noch kleine Jungen waren, der eine sogar jünger als Erik. Inzwischen haben beide die Fußballschuhe an den Nagel gehängt. Es hat sich so vieles verändert. Und wieder einmal ist es die Zeit, sie nimmt einem alles. Inzwischen ist ein neues Jahrtausend angebrochen und die Venus ist nicht mehr der hellste Stern am Himmel, sondern eine Raumstation. Großvater aber hatte sicher Recht: Meine Schwester ist krank.

Zuerst mache ich mir keine großen Gedanken darüber, ich achte nicht weiter auf sie oder bedauere sie nur. Ich denke: So ist bestimmt das Leben, traurig, traurig. Mit dem Fortschreiten des Sommers aber erwachen meine Neugier und mein Verlangen, der rätselhaften Krankheit auf den Grund zu gehen, um so auch zugleich einmal mit diesem seltsamen Wesen umgehen zu lernen, das sich Schwester nennt. Darin kommt wahrscheinlich der Einfluss Helges am deutlichsten zum Vorschein. Ich beschließe nämlich, meine Schwester zum Studienobjekt zu machen, und will mich in einen Wissenschaftler mit ernster und konzentrierter Miene verwandeln. Doch während ich noch dabei bin, mir zu überlegen, wie Wissenschaftler wohl denken mögen, da fliegt meine Schwester nach London. Das liegt in England. Den Anlass der Reise weiß ich nicht mehr. Sicher wurde sie von einer ehrenwerten Institution veranstaltet, so einem Verein mit geschnitztem Rednerpult, einem alten Hämmerchen für den Vorsitzenden und einem in Leder gebundenen Protokollbuch, denn sonst hätte Großmutter meiner Schwester die Reise garantiert nicht erlaubt. Großmutter mag London nicht, England überhaupt.

Die Abreise meiner Schwester ist ein großer Freudentag für Tarzan, Flinker Hirsch und mich, denn eigentlich hätte keiner von uns ein ernsthafter Wissenschaftler werden und alles aufklären wollen. Wir sind also richtig froh, ja, geradezu aus dem Häuschen vor Freude: Hüpfen den halben Tag im Garten herum. Dann vergehen weitere Tage, Schwesterherz befindet sich in London, England, und die Brüder und ich unternehmen Verschiedenes, Gelegenheiten gibt es genug.

Björn lässt ein gewisses Interesse an Brüsten erkennen, was dazu führt, dass wir einen einträglichen, aber auch gefährlichen Handel aufnehmen

Jugendliche sind gefährlich, sie verprügeln einen. Alle gehen Jugendlichen aus dem Weg, Björn aber pfeift auf sämtliche Risiken. Björn sagt, kriegt man die Fresse poliert, dann kriegt man eben die Fresse poliert. Ein bewundernswerter Standpunkt. Und eines Tages kommt er und sagt: »Kommt, wir lassen uns von ihnen mal was über Busen erzählen!«

Erik zieht es nicht in Betracht, uns zu begleiten, er wirft uns Verrat vor und erinnert an unsere Schwüre im Wald, dass wir immer und ewig Jungen und Homos bleiben wollten, Homos und Jungen aber hätten nicht das geringste Interesse an Busen. Björn entgegnet, er wolle nichts und niemanden verraten, doch man müsse sich schon über das eine und andere in der Welt informieren. Ich stimme beiden zu.

Björn und ich machen uns auf die Suche nach Jugendlichen.

Da sind schon mal drei.

Sie stehen mit den Händen in den Hosentaschen herum und warten darauf, dass etwas passiert. Björn erkundigt sich nach Busen, aber sie sagen ihm, er solle die Schnauze halten. Sie erwägen, uns zu verprügeln. Da guckt mich einer an und sagt: »He, deine Schwester ist doch nach London gefahren.«

Da es sich eher um eine Feststellung als um eine Frage zu handeln scheint, antworte ich nichts.

»Wow«, macht der in der Mitte, »die ist echt niedlich«, und der dritte fragt: »Hast du nicht schon mal ihren Busen gesehen?«

Drei Jugendliche richten ihre Blicke auf mich. Sie erwarten eine Antwort. Es wird nicht ausreichen, nur die Schultern zu zucken und wahrheitsgemäß zu antworten: »Doch, klar.«

Sprachlos über meine Gleichgültigkeit starren sie mich an, hoffen womöglich, meine Augen könnten sich in die Brüste meiner Schwester verwandeln, anschwellen und aus den Höhlen springen. Schließlich fragt einer mit ungeduldiger Stimme: »Und, wie sind sie?«

In einem Anflug von Verlegenheit fange ich an, von ihren Unterhosen zu reden, fantasiere mir erst etwas zusammen, erzähle irgendwas, keine Ahnung, was, spüre nur sehr deutlich die Bedrohung, die von sechs über mir schwebenden Fäusten ausgeht, und am Ende biete ich an, ihnen die Unterhosen meiner Schwester zu verkaufen.

Ein Zurück gibt es nicht mehr.

In den nächsten Tagen verdienen Björn und ich ein hübsches Sümmchen, indem wir die Slips verkaufen, die meine Schwester in ihrer Kommode »vergessen« hat. Es sind nicht wenige. Meine Schwester wollte ein todsicheres Alibi, um sich in London, England, mit neuen eindecken zu können. Die Jugendlichen leeren ihre Taschen. Zwei von ihnen kaufen sogar Büstenhalter, die Schwesterlein ebenfalls zurückgelassen hat. Als sich die Kommodenschublade allmählich leert, klauen wir noch drei Schlüpfer von Björns Mutter. Sie sind vielleicht um einiges größer und ausgebeulter, aber wie Björn richtig bemerkt, sind Unterhosen schließlich Unterhosen. Zwei gehen weg wie warme Semmeln, bei der dritten aber fliegt der Schwindel auf. »Scheiße, Altweiberunterhosen!«, brüllt einer, da befinden Björn und ich uns schon Hals über Kopf auf der Flucht. Am Ende aber holen uns die Jugendlichen ein und sie schreien uns an, jetzt sei es aus mit uns, doch wie Björn ganz richtig feststellte, ist eine Tracht Prügel nichts weiter als eine Tracht Prügel und die ist nichts im Vergleich zu der diebischen Freude, die uns der Unterhosenhandel beschert hat, und zu der Glückseligkeit, mit einer unvorstellbaren Menge von Süßigkeiten hinter einem Stein zu sitzen und von niemandem gesehen zu werden, außer vielleicht vom Meer und dem Himmel und vielleicht Gott.

Wir sind gerade auf dem Weg nach Afrika, als mir eine Hundeschnauze entgegenkommt, und zwar eine riesengroße

Tarzan, Flinker Hirsch und ich gehen zusammen spazieren. Tarzan macht sich Sorgen wegen der Wilderer. Einer von ihnen ist besonders grausam und besitzt außerdem ein so großes Gewehr, dass selbst der Elefant Tantor vor Angst zittert, ganz zu schweigen von den kleineren Tieren. Flinker Hirsch und ich möchten Tarzan helfen und wir halten Kriegsrat. Vielleicht sollten wir die Ameisen auf den gemeinen Kerl ansetzen. Genau das beschließen wir und machen uns auf den Weg nach Afrika. Wir gehen in die richtige Richtung, es ist brütend heiß und bald erblicken wir die Strohhütten der Waziri-Krieger. Sie sind Freunde von Tarzan. In Afrika ist vieles anders. Ich bin schon oft da gewesen. Ich habe ja bereits einiges erlebt und eigentlich ist es ein Wunder, dass ich erst zehn bin und nicht zum Beispiel hundert.

»Na dann los!«, sagt Tarzan, doch da brüllt jemand: »Da ist der verdammte Isländer!«

Vier Jugendliche stehen vor uns. Wir waren mit unseren Gedanken schon so weit in Afrika, dass wir ihnen geradewegs in die Arme gelaufen sind. Es ist erst zwei, drei Tage her, seit Björn und ich ihnen die letzten Unterhosen angedreht haben, und einige haben uns den Streich noch nicht ganz vergessen. Björns Mutter zum Beispiel, aber auch diese vier hier.

»Los, wir machen ihn fertig!«

Sie bauen sich quer über den Bürgersteig auf.

Afrika verschwindet in der Ferne.

Flinker Hirsch: »Bleichgesichter seien des Todes.«

Tarzan: »Mein Messer lechzt nach Blut!«

Rechts steht eine dichte Hecke, sie ist mindestens zwei Meter hoch, doch unmittelbar über dem Boden entdecke ich eine winzige Lücke darin. Auf der anderen Seite wohnt die Frau mit dem riesengroßen Hund und dem Mann, der am Himmel Vergessen sucht. Ich gehe auf alle viere, dränge mich in das Loch und beginne, hindurchzukriechen. Tarzan und Flinker Hirsch protestieren lautstark, sie wollen den Halbstarken lieber eine Abreibung verpassen, sie zu Boden strecken und sie anschließend so in die Erde eingraben, dass nur noch die vier Köpfe herausgucken.

»Ach was«, sage ich, »das gibt nur Scherereien. Die Eltern regen sich auf und was weiß ich noch.« Ich krieche weiter, widerstrebend folgen sie mir. Besonders Tarzan murrt unzufrieden. Die Hecke ist ausgesprochen dicht, wir bekommen so manchen Kratzer von den widerspenstigen Zweigen.

»Wir warten hier auf dich«, rufen die Jugendlichen. »Wenn du wieder rauskommst, kriegst du die Fresse voll! Wenn du überhaupt wieder rauskommst ... Der Hund wird dir den Kopf abbeißen und die Alte wird dich auffressen. Wenn nicht, schlagen wir dich zu Brei, reißen dir die Klamotten vom Leib und lassen die Mädchen deinen Pimmel sehen, verdammt noch mal!«

So was rufen sie und können dabei von Glück sagen, dass sie den Kürzeren ziehen werden, denn nur meine Gutmütigkeit hat ihnen das Leben gerettet. Aber diese Hecke ist schon merkwürdig, es braucht unglaublich lange, ehe man hindurchkommt. Es wäre gut, wenn ich sie näher beschreiben könnte, aber all meine Bemühungen ergeben immer nur, dass sie dichter und dichter und in alle Richtungen größer zu werden scheint. Ich bin nicht mehr sicher, ob es sich wirklich nur um eine Hecke handelt oder nicht vielleicht doch um einen ausgedehnten Wald. Ich krieche und krieche, die Entfernung lässt die Rufe der Jungen leiser klingen und die Zeit vergeht. Tarzan fängt wieder an, sich zu beschweren. »Wir müssen bald durch sein«, sage ich und habe kaum das letzte Wort herausgebracht, da kommt mir eine Riesenhundeschnauze entgegen. Eine riesige Riesenhundeschnauze.

Erst der Hund, dann die Frau

Alle haben Angst vor diesem Hund. Manchmal steigt die Frau in ihren schwarzen Sportwagen, fährt davon und der Hund läuft ihr nach, eine beeindruckende Erscheinung, riesengroß, mit lang heraushängender Zunge und gebleckten Zähnen. Man spürt förmlich seine geballte Kraft. Tja, und jetzt sind es noch knapp fünfzehn Zentimeter zwischen meinem Gesicht und diesen riesigen Fängen. Sie trennen einem genauso mühelos den Kopf vom Rumpf, wie die Mutter der Brüder einem die Haare abschneidet. Was soll ich tun? Den Rückwärtsgang einlegen und den Halbstarken in die Hände fallen oder meinem Schicksal im Maul eines Hundes entgegenrobben? Ich schiebe mich vorwärts aus der Hecke oder dem Wald oder was es nun war und stehe auf. Meine Güte, ist das ein riesiges Vieh! Es verdeckt sogar die Sonne. »Guter Hund«, sage ich, denn eigentlich habe ich keine Angst, ich kenne doch Hunde, sie sind meine Freunde.

Hunde jagen Schafe, sie springen an einem hoch, in großer Hitze wollen sie dösen, dann liegen sie mit hängender Zunge im Schatten. Hunde haben braune Augen. Ich bin auf dem Land gewesen, und zwar in keiner gewöhnlichen Gegend, und daher weiß ich, dass man, wenn einen ein Hund anbellt oder anknurrt, in einem ganz bestimmten Tonfall »Halt's Maul!« rufen muss und das wirkt, als hätte das Tier einen Stein an den Kopf bekommen. Es duckt sich, drückt sich an den Boden und ist nichts anderes mehr als ein Paar brauner Augen. »Guter Hund«, sage ich noch einmal. Meine Beine sind völlig verkratzt und die Shorts schwer in Mitleidenschaft gezogen. Großmutter wird böse sein. Das ist aber auch ein großer Hund! Der größte, den ich je gesehen habe. Jetzt fletscht er die Zähne. Sie sind etwas übertrieben groß und spitz. Er knurrt. Warum muss er so laut knurren? Am besten, ich sage ihm jetzt, er soll die Klappe halten, Hunden darf man nichts durchgehen lassen. Andererseits, vielleicht kriegt er das in den falschen Hals, und man darf ja auch nicht vergessen, dass er hier zu Hause ist, ich nicht. »Guter Hund.« Ganz langsam strecke ich die rechte Hand vor. Knurrend schnuppert er daran, überlegt, ob er die Fänge darum schließen und sie knackend zermalmen oder sie mit seiner breiten, weichen Zunge abschlecken soll. Immerhin hat er braune Augen und könnte auch Struppi heißen, Großer Struppi meinetwegen. Er leckt meine Hand. »Guter Hund«, sage ich.

»Ich wusste, dass er ein guter Hund ist«, sagt Tarzan in meinem Rücken.

»Was wusstest du?«, fragt Flinker Hirsch und schiebt sich aus der Hecke (oder dem Wald). Wir befinden uns in einem großen Garten, ein niedriger Baum, der wie ein

Tischtennisschläger geformt ist, verdeckt das Haus, einen Teil des Gartens und die Frau, die allerdings jetzt hervortritt und mit eiskalter Stimme fragt: »Was hast du denn hier zu suchen?«

Tarzan: »Ach, du Schande!«

Flinker Hirsch: »Verschwinden wir!«

Damit sind sie auch schon weg, und ich stehe mutterseelenallein vor einem gutmütigen Hund und einer bösartigen Frau, die zehnjährige Jungen zum Frühstück verspeist. Ja, bald wird sie zu Tisch sitzen und sich Stücke von mir abbeißen und dazu einen Schluck Buttermilch trinken.

Ein Frostschleier zieht vor die Sonne und man weiß nicht, wie die Sache ausgehen wird

Der Hund trottet zu ihr hin, schiebt die Schnauze in ihre Hand und macht Platz. Beide sehen mich an, der Hund mit der Zunge und diese Frau. Vor ihm habe ich keine Angst, er ist mein Freund, wir könnten gemeinsam zum Schafabtrieb hinauf in die Berge steigen und zusammen durch dick und dünn gehen, bei der Frau bin ich mir nicht so sicher. Ganz und gar nicht. Einmal bin ich unter einen Stier geraten, ich war acht, und es war bekannt, dass der Stier auf Menschen losging, auf mich auch. Er warf mich zu Boden, sein breiter Schädel stieß auf mich ein wie eine Dampframme, die Augen blutunterlaufen von Hass, und das Verlangen zu töten trieb ihn immer weiter an. Nicht vielen stößt so etwas zu, schon gar nicht im zarten Alter von acht Jahren. Ich habe es auch schon mit Ganoven und dunklen Mächten zu tun bekommen, aber da sprangen mir immer Flinker Hirsch und Tarzan zur Seite; diesmal haben sie sich dünngemacht. Man weiß nie, was alles passieren kann. Die Frau betrachtet mich durch ihre Sonnenbrille und ein Frostschleier zieht vor die Sonne. Ob sie wirklich so böse ist? Ich muss ihr eine Antwort geben, sie hat mich schließlich was gefragt. Aber es muss die richtige Antwort sein. Die richtige! Was habe ich hier zu suchen? Mir fällt nichts ein, ganz sicher ist sie eine Kannibalin. Der Himmel ist jetzt voller vereister Sonnenstrahlen. Ich stottere zusammenhangloses Zeug.

»Sieh mich an, wenn du mit mir sprichst!«, herrscht die Frau mich an.

Ich blicke auf. Sie trägt so etwas wie einen Morgenrock, rot und bis über die Knie reichend, ihr Haar ist fast schwarz und im Nacken zu einem Knoten zusammengebunden. Ja, es wird wohl ein Bademantel sein. Ach, ich mag gar nichts sagen, meine Knie sind blutig zerkratzt und die Frau ist mit äußerster Vorsicht zu genießen. Der Hund ist in Ordnung. Wenn sie bloß nicht diese riesengroße Sonnenbrille aufhätte. Großmutter hält mich immer dazu an, den Menschen in die Augen zu sehen, das zeige Charakterfestigkeit und außerdem sehe man auch Dinge, die Worte nicht preisgäben. Meine Stiefmutter behauptet, die Frau, die uns gegenüber wohnt, habe Schellfischaugen. Da ist was dran. Stiefmutters Vater aber hat ein Glasauge. Die Welt verdunkelt sich, wenn er es herausnimmt. Tarzan spricht manchmal davon, dass er dem Kerl eine Tracht Prügel verpassen wolle, aber Flinker Hirsch wendet ein, das gebe nur Ärger; wahrscheinlich hat er Recht. Was würde der alte Mann wohl an meiner Stelle tun? Ich bin nicht sicher, ob es die Frau in irgendeiner Weise beeindrucken würde, in die leere Augenhöhle gucken zu müssen, in dieses dunkle Loch, das die Sonne und die Sterne, den Mund und sämtliche Freude verschluckt. Ich weiß nicht, ob Stiefmutters Vater ihr befehlen könnte, das Netz für die Seehasen in Ordnung zu bringen, ich weiß nicht mal, ob er sich das trauen würde.

So brüte ich vor mich hin, denn denken ist momentan besser als reden. Trotzdem sehe ich die Frau die ganze Zeit an, ich habe es schon vor langer Zeit gelernt, Leute anzusehen, während ich gedanklich weit weg bin, im Wald bei Tarzan und Flinker Hirsch oder im Fahrradkeller, wo ich Gunnhildur küsse.

Die Frau nimmt die Sonnenbrille ab, was ich gut finde, weil sie wie zwei schwarze Löcher auf mich wirkte, aber besser wird es dadurch auch nicht, und ich wünschte bald, sie würde die schwarzen Löcher wieder aufsetzen. Ihre Blicke gehen durch einen hindurch wie Gewehrkugeln. Ja, da stehe ich, erst zehn Jahre alt, aber schon zwei Einschusslöcher in der Stirn.

»Ich mache gar nichts«, sage ich schließlich, aber auf Isländisch, weil ich wohl unbewusst Schutz in meiner Muttersprache suche. Sie rührt sich nicht, starrt mich nur weiter an. Ich habe mal einen Film gesehen, einen Cowboyfilm, einen ziemlich guten sogar, es kamen keine Indianer darin vor, die wie heulende Schwachköpfe vom Pferd fielen. Es kamen überhaupt keine Indianer darin vor, nur Weiße und alle mit Revolvern, bis auf einen, der war Priester, und ein anderer, der gab eine Zeitung heraus. Ich will weder Pastor werden noch eine Zeitung herausgeben, aber jedenfalls durchsieben die Cowboys in dem Film eine

Hauswand mit Kugeln, sie schießen und schießen, die Hauswand kriegt ein Loch nach dem anderen, durch das die Sonnenstrahlen grell hereinfallen. Die Frau starrt mich an und ich bekomme Löcher wie die Wand.

»Du bist kein Norweger«, sagt die Frau und die einzelnen Worte schwimmen um mich herum wie vier Eisberge. Wäre etwas gewonnen, wenn ich Norweger wäre? Sie löchert mich weiter mit ihren Blicken. Wenn Stiefmutters Vater schlachtet, benutzt er eine Säge, um die Tiere zu zerlegen. Ich habe ihm dabei helfen müssen und das war kein Vergnügen. Ich finde, Tiere sollten herumlaufen, aber man springt eben nicht mehr durch die Gegend, wenn man zersägt ist. Die Frau braucht für mich keine Säge, sie benutzt ihre Augen und bald werde ich auseinander fallen, ein Arm zu dieser Seite, ein Bein zur anderen, sie packt mich in die Gefriertruhe und hebt mich für den Winter auf. Den Kopf wird sie wahrscheinlich abflämmen. Nicht schön, sein Leben so zu beenden. Stiefmutters Vater und auch Großvater sind ganz versessen auf die Augen aus solchen Köpfen, sie hantieren kurz mit dem Taschenmesser und schon verschwindet das Auge in ihrem Mund. Diese Frau wird meine Augen essen und wenn sie sie gut gekaut hat, wird sie alles sehen, was ich je gesehen habe: einen Fjord an einem stillen Morgen, einen weißen Trabant mit rotem Dach, ein Loch in dunkler Erde, sich selbst in einem roten Bademantel.

»Vielleicht bist du ganz in Ordnung, da Äsop dich offenbar leiden mag«, sagt die Frau und ihre Augen sind nicht mehr wie Gewehrkugeln. Äsop blickt glücklich auf, als er seinen Namen hört. Die Frau setzt die schwarzen Löcher auf.

Äsop, Limonade, Sonne

Wir sitzen im Garten.

Da hinten ist ein Springbrunnen.

Hier steht ein Glas norwegischer Orangenlimonade.

Eine Weile ist vergangen.

Der Hund heißt Äsop.

»Findest du das einen komischen Namen?«, fragt sie.

»Nein«, antworte ich, denn man ist schließlich zehn und hat schon so einige Hundenamen im Leben gehört. In der Gemeinde meiner Stiefmutter gibt es einen komischen Kauz, er haust in einer Art Schuppen, arbeitet kaum und wenn, dann auf einem Boot, in dem er gemächlich auf den Fjord rudert, allerdings ziemlich selten, und keiner weiß, wovon er eigentlich lebt, es kursieren nur verschiedene Gerüchte darüber. Er selbst behauptet, er lebe von dem, was sich so ergebe. Na ja, der Kerl hat jedenfalls drei Hunde. Einer heißt Grímur Thomsen, es gab aber auch einmal einen Dichter, der so hieß, und der Hund setzt sich auf die Hinterläufe und legt den Kopf schief, wenn ihm der Alte ein Gedicht von diesem Grímur aufsagt. Habe Großvater einmal nach diesem Grímur gefragt und Opa meinte, er sei ein verdammt guter Dichter, jede seiner Aussagen habe das Gewicht von einem Sack Zement. Dann trug Opa ein Gedicht vor und das war sicher einige Kilo schwer, jedenfalls war es so zäh wie Zement. Der zweite Hund heißt Archimedes. Der Alte behauptete, das sei ein uralter Hundename, viel zu schön für einen Menschen. Man machte ihn darauf aufmerksam, dass einmal ein berühmter Wissenschaftler diesen Namen getragen hat, es war zwar schon viele, viele Jahre her, aber der Mann gehörte zu den alten Griechen, was das Bedeutendste von allem ist.

»Ja, ja«, gab der Alte zurück, »das sieht diesen Ausländern ähnlich, isländische Hundenamen zu stehlen.«

Der dritte Hund heißt Telefonbuch, weil er sämtliche Einwohner der Gegend mit Namen kennt, inklusive Kühe und Schafe, Hühner sind allerdings ausgeschlossen. Hund und Herrchen ignorieren ihre Existenz.

Aus diesen Gründen und weiteren, die hier auszubreiten mir die Zeit fehlt, finde ich, Äsop ist ein ganz normaler Hundename und die Frau ist es zufrieden. Sie fragt, warum ich vor Äsop keine Angst gehabt habe, und ich erwidere, ich würde viele Hunde kennen, sie seien meine Freunde, beim Schafabtrieb würden wir zusammenarbeiten und in den Bächen herumplanschen, und oft würde ich für sie irgendwo einen Keks mitgehen lassen. Ich erzähle ihr auch von dem alten Kauz im Schuppen und seinen drei Hunden. Die Frau meint, es sei richtig von mir, für die Hunde Kekse zu stibitzen, das sei ebenso gut, wie mit ihnen in den Bächen zu spielen. Ich finde die Frau nett und glaube, sie ist doch nicht so sehr darauf aus, kleine Jungen mit Buttermilch zu verspeisen. Dann zieht sie ihren Bademantel aus. Es ist ganz schön heiß, die Sonne strahlt über den ganzen Himmel, und man braucht wirklich nichts anzuhaben. Ich ziehe mein T-Shirt aus. Die Frau hat größere Brüste als meine Schwester, sie sind praller und nicht so traurig. Mich dünkt, sie könnten voller Milch sein. Meine Lebenserfahrung lässt mich zu diesem Schluss kommen. Die Frau geht ins Haus und kommt mit Orangenlimonade zurück. Ich stelle fest, dass ihre Brüste leicht wippen, aber es kommt keine Milch. »Tun sie beim Laufen nicht weh?«, frage ich.

»Manchmal«, räumt sie ein.

»Kannst du damit auf dem Bauch schlafen?«

»So groß sind sie nun auch wieder nicht.«

»Stören sie dich nicht?«

»Manchmal«, sagt die Frau, »aber manchmal ist es auch schön, Brüste zu haben. Das wirst du später auch verstehen.«

Ich antworte, da sei ich nicht so sicher.

Wir sitzen da.

Sie liest.

Ganze sechs Bücher liegen auf dem Tisch, aber keins ist von Enid Blyton oder von Gunnar Gunnarsson oder mit Bob Moran. Eine Menge vollgekritzelter Blätter liegt auch da und zuweilen nagt sie an ihrem Bleistift. Sie sagt, ich dürfe ruhig ins Haus gehen, wenn ich wolle, im Kühlschrank sei noch mehr Limonade und Eis in der Gefriertruhe. Ich dürfe den ganzen Kühlschrank leer machen und die Kühltruhe auch, ihretwegen könne ich das ganze Haus in Brand stecken.

Ich streichle Äsop. Wir sind Freunde.

Es ziehen Wolken auf, doch der Himmel irritiert mit einem irrsinnigen Blau. Meine Schwester kommt nach Hause

Dann kommt meine Schwester aus London, England, zurück. Im Flugzeug, so wie ich, als der Sommer noch jung war und ich relativ wenig zu sagen hatte. Inzwischen aber bin ich mit einem erstochenen Deutschen bekannt gemacht worden, habe Brüste gesehen, und eine Spinne hätte mich um ein Haar gefressen oder in ein Dunkel verschleppt, das tiefer ist, als das Lot der Sprache reicht. Ich habe Arne kennen gelernt, die Brüder und Tora, an deren Zopf ich ziehen durfte. Ich bin Helge begegnet und mein Wissen hat sich vervielfacht, allerdings ist Bischof Jón Arason inzwischen tot, die Schufte haben ihn hingerichtet. Ich bin, mit anderen Worten, bedeutend reifer geworden und das klare Wasser der Kindheit ein wenig trüber. Manchmal ziehen Tarzan, Flinker Hirsch und ich noch in die Wälder und machen wehmütig an einem großen Baum Halt. Jetzt aber steht die Rückkehr meiner Schwester aus London, England, bevor und in ihrer Kommodenschublade liegt kein einziger Schlüpfer.

Großvater zeigt mir die Flugroute meiner Schwester auf der Karte. Ich sehe mit einem Blick, dass sie viel kürzer ist als meine. Meine Schwester kennt den Himmel also nicht so gut wie ich. Aber womöglich ist es etwas Tolleres in London, England, gewesen zu sein, als den Himmel zu kennen.

Großvater musste sich von der Arbeit frei nehmen. Es ist nämlich erst ein Uhr. Ich sitze auf der Rückbank und finde es skandalös, dass Flugzeuge während der Arbeitszeit landen. Großvater meint, ich habe vollkommen Recht. Er hat sich so beeilen müssen, dass er nicht einmal mehr Zeit gehabt hat, sich die Farbflecken von Gesicht und Händen zu waschen. Ich bemerke es, als wir schon im Flughafengebäude stehen. Ich staune ein bisschen, dass Oma ihm deswegen keine Gardinenpredigt hält, sie ist sehr genau in solchen Dingen. Opa muss sich zum Beispiel immer erst sämtliche Flecken abwischen, ehe er sich hinsetzen und die Zeitung lesen und seinen Kaffee trinken darf. Selbst wenn die Schlagzeilen auf der Titelseite Krieg verkünden, erst müssen die Flecken weg! In den letzten Jahren habe ich mehrfach darüber nachgedacht, warum Großmutter ausgerechnet an jenem Tag nichts über Großvaters Farbflecken gesagt hat, und jetzt fällt mir ein, dass sie vielleicht eine Art Alibi oder Rechtfertigung dafür gewesen sind, dass er mitten am Tag gegen halb zwei nicht an der Arbeit war. Die Flecken beweisen, dass er trotzdem ein arbeitender Mensch und kein Faulpelz ist. Um das noch zu unterstreichen, blickt er immer wieder auf die Uhr und zeigt damit seine Ungeduld.

Und dann hat der Flug Verspätung.

»Himmelherrgottnochmal«, sagt Großmutter. Großvater und ich holen uns erst mal ein Eis. Wir stehen vor der großen Weltkarte und schlecken Eis. Großvater zeigt auf einzelne Stellen und erklärt mir das eine oder andere über die Welt. Großmutter sitzt auf einer Bank, sie ist wieder ein Stück Stahl und darum traut sich niemand, neben ihr Platz zu nehmen. Stiefmutter wäre wohl der einzige Mensch auf der Welt, der es wagen könnte, sich zu Oma auf die Bank zu setzen, und das wäre echt ein Anblick! Da dürften die Fetzen fliegen. Jetzt aber macht sich Großmutter Sorgen. Sie sagt, allzu viele Menschen in London, England, hätten keinen Respekt mehr vor anständigem Benehmen, besonders gelte das für Jugendliche, die sich nicht *ordentlig* aufführten und keine Achtung vor ihren Eltern hätten. Vielleicht befürchtet sie, meine Schwester könnte komplett verändert nach Hause kommen, sich ganze Abende lang draußen mit Jungen herumtreiben, Schnaps trinken und

Zigaretten rauchen. Großmutter macht sich Sorgen, ich aber bin total gespannt auf die möglichen Veränderungen meiner Schwester. Ich meine, vielleicht kommt sie völlig ausgeflippt zurück, putzt sich nie mehr die Zähne, klaut Omas Zigaretten, sagt Opa, er solle die Klappe halten – total durchgeknallt eben. Vielleicht muss man ihr schon in der Maschine Handschellen anlegen und sie schreiend raustragen, sie brüllt schreckliche Dinge wie ›ficken‹ zum Beispiel und Großvater muss sie auf der Rückbank des Wolgas festbinden? Das fände ich ziemlich spannend, da hätte ich einiges zu erzählen.

Großvater und ich sehen uns die Welt an. Sie ist ein leichteres Beschäftigungsfeld als Großmutter die Stählerne. Großvater erzählt von Gebirgen, die den Regen abfangen, und Wüsten im Windschatten dieser Gebirge.

»Opa, sollen wir nicht zusammen die Welt umsegeln und so einiges erleben?«

Opa leckt sein Eis und denkt nach.

»Doch«, sagt er dann, »guck mal da, das Rote Meer, ts-ts-ts, seine Form könnte einen glatt an etwas erinnern, Teufel auch! Wirf in zwanzig Jahren noch mal einen Blick auf die Karte, dann weißt du, was sich dein Opa, der alte Schmutzfink, damals gedacht hat. Ja – lass uns den Indischen Ozean befahren! Am Anfang benutzen wir nur die Ruder. Die Maschinen werfen wir erst hier an, auf halber Strecke zwischen Somalia und Sri Lanka, damit keiner auf uns aufmerksam wird. Schau mal über die Reling, Junge, und sieh dir das Meer an. Sechstausend Meter tief. Sechstausend Meter Tiefe liegen hier unter uns, sechstausend Meter bis zum Grund. Du könntest den gesamten Vatnajökull über Bord kippen und das wäre ungefähr das Gleiche, wie einen Stein in einen Teich zu werfen. Aber lass uns weiterfahren, navigieren wir an dieser waldbedeckten Insel vorbei, obwohl es schon verlockend wäre, dort anzulegen, aber die Abenteuer, die einen da erwarten, sind nichts für Opas und zehnjährige Knirpse. Donnerwetter, wie uns unser Schiff schnell voranbringt! Siehst du das da hinten am Horizont? Es ist vollkommen weiß, das ist die Antarktis. Da endet die Welt. Ein weißes Weltende, genauso weiß wie unser Eis hier, das leider auch zu Ende ist. Komm, wir holen uns noch eins!«

Großmutter voller Sorgen, aber lautes Ahoi bei Großvater und mir. Das irrsinnige Blau des Himmels löscht im Kopf des Piloten jegliche Orientierung

Großvater und ich essen Eis.

Wir reisen um die Welt, erleben eine Menge.

Ahoi und Hallo!

Es ist etwas Neues, mit Großvater in Abenteuern zu landen. Etwas anderes als die Streifzüge mit Tarzan und Flinker Hirsch. Manchmal muss man ihm ein bisschen Beine machen, er bleibt gern bei Drehorgeln, Sternen und auch bei Frauen stehen. Großmutter sitzt auf der Bank und macht sich Sorgen.

Ahoi und Hallo! Großvater und ich fahren zur See.

»Gib den verfluchten Piraten eine volle Breitseite!«, ruft Opa, als ein tintenschwarzes Piratenschiff mit vielen hundert grölenden Schurken an Bord den Horizont verdunkelt. Die anderen Leute im Flughafen bringen sich schnell außer Reichweite. Bis auf Großmutter, die sich Sorgen macht. Den Seeräuber würde ich gern sehen, der es mit ihr aufnehmen würde. Ahoi, Großvater und ich segeln dahin und fangen unbeschreiblich schöne Fische. Wir trinken sogar Kokosmilch. Vorsicht, ein Hai! Seine Zähne sind noch schärfer, als im Lexikon steht. Ahoi! – doch Oma sorgt sich um meine Schwester.

Großvater sagt: »Die kommt schon zurecht. Mach dir nicht immer solche Sorgen! Ein bisschen Luftveränderung bekommt ihr ganz gut.«

Da schnaubt Großmutter. In Erziehungsfragen sind sie nicht immer einer Meinung, und Großvater gibt zurück: »Du bist zu streng mit ihr, es ist nicht gut, zu viel Disziplin zu verlangen. Jeder Mensch braucht Bewegungsfreiheit und das Recht, auch mal irgendwo anzuecken, sonst …«

»Du bist doch bloß wieder romantisch«, keift Großmutter und will damit sagen, dass man auf Großvaters Meinung in solchen Dingen nichts geben könne. In ihren Augen bedeutet Romantik dasselbe wie Haltlosigkeit, falsche Nachgiebigkeit und Verantwortungslosigkeit. Großmutter erinnert daran, dass es in der Familie meiner Schwester genügend Schwächen gebe. »Oder muss ich erst wieder von der anfangen, die alles hingeworfen und ihr ganzes Leben verpfuscht hat?«

Darauf erwidert Opa nichts mehr, er sagt überhaupt kaum etwas, wenn Großmutter die Sprache auf seine erste Frau bringt, die, die damals aus der Kellerwohnung auf die Straße trat, um für andere die Sonne zu sein, die aber vielleicht als ein Stück Kohle in der Hölle endete. Ja, Großmutter befürchtete, diese Familienschwäche könne das Blut meiner Schwester vergiften. Den einzigen Weg, dies zu verhindern, sah sie in einer strengen Erziehung. Sie erinnert auch an Opas Vater, meinen Urgroßvater: »Der war nun wahrlich noch ein Mann, kein schwaches Stück Elend. Keiner hatte seine Eleganz, aber er besaß nun mal kein Durchhaltevermögen, keine Disziplin.«

Großvater kann darauf nicht viel sagen und Oma hat mal wieder Recht, wie immer. Schwesterherz muss also Disziplin und Ordnung ertragen, damit sie nicht im »Schlamassel« landet und die Sonne am Himmel oder ein Stück Kohle in der Hölle wird. Bislang deutete wenig darauf hin, dass meine Schwester unruhige Träume in sich haben könnte. Nun hat sie aber etliche Nächte weit von zu Hause, noch dazu in London, England, verbracht, wo es von schwachen Menschen mit Problemen nur so wimmelt, und wenn man in Betracht zieht, wie komisch sich meine Schwester in den letzten Monaten verhalten hat, ist es kein Wunder, dass sich Oma große Sorgen macht. Großvater und ich segeln derweil über den Stillen Ozean und trinken kübelweise Sonne, Großmutter aber grübelt über ihre Ziehtochter nach, bedenkt kritisch ihre Anlagen, ihren Charakter und sucht nach möglichen Schwachstellen. Und da Wolken noch immer die Landung des Flugzeugs verzögern und das schreckliche Blau des Himmels im Kopf des Piloten jegliche Orientierung auslöscht, erreichen Großvater und ich sogar noch die Küste Alaskas, wo es große Gefahren gibt, aber auch große Ruhe und wo der Wind so kalt ist, dass er an einem festfriert. Aber trotzdem, wir müssen uns beeilen! Auch wenn das Flugzeug Verspätung hat, kommt es doch irgendwann mit Wolkenfetzen in den Düsen an und das Blau des Himmels hat den Kopf des Piloten in ein Ausrufezeichen verwandelt.

Well, unsereiner kämpft gegen Diamantenräuber, aber verschwundene Unterhosen blitzen wie Wetterleuchten am Himmel Afrikas

Als meine Schwester durch die Zollschleuse kommt, Koffer in den Händen und London, England, im Kopf, befinden Großvater und ich uns gerade in Alaska und eisige Kälte ist unser ständiger Begleiter. »Da ist sie«, sage ich, meine aber nicht die Wölfin, die uns von einer Anhöhe am Ufer beobachtet, endlose Weiten, in denen sämtliche Wörter Platz finden, in ihrem Rücken. »Nein, Opa, ich meine meine Schwester. Guck doch! Da kommt sie.«

»Ach so, ja«, sagt Großvater und im Handumdrehen löst sich das Schiff in Luft auf, der Pazifik wird zum Fußboden des Flughafengebäudes und norwegische Sommerwärme schmilzt die Eisberge und den Schnee Alaskas. Da kommt meine Schwester, nicht in Handschellen, nicht ausgeflippt »Nieder mit den Bullen!« schreiend oder »Tod den Reichen! Ich will Jungs zum Knutschen! Gebt mir Zigaretten und Süßigkeiten!« Nein, sie ist bloß ein Mädchen, das sich Oma in die Arme wirft, Opa umarmt und schließlich sogar mich. Sie trägt neue Kleider, ziemlich hässliche, ausgestellte Hosen und eine grell gemusterte Bluse. Großmutter zieht die Brauen zusammen. Dann der Wolga mit sonnengeheizten Sitzen.

Wir fahren los.

Als Großvater fragt, wie es in England war, antwortet meine Schwester: »*Well*, ganz lustig« und das ist das erste Mal, dass ich Englisch woanders als im Radio oder Fernsehen höre, und ich denke: Wahnsinn, meine Schwester ist voller Englisch! Aber dann muss ich doch ewig oder wenigstens ein paar Tage warten, ehe ich noch mehr Englisch zu hören bekomme, denn schon kurz nach der Ankunft zieht meine Schwester die leider gähnend leere Kommodenschublade auf und es gibt Ärger. Andererseits scheint die Verwendung von *well* keine Grenzen zu kennen, es lässt sich bei jeder passenden und unpassenden Gelegenheit einsetzen.

»*Well*«, sagt Tarzan, »es halten sich Diamantenräuber im Dschungel auf, die sind so böse, dass sie sogar nur zu ihrem Vergnügen Tiere schießen.«

»*Well*, wir kommen«, antworte ich.

Nur Flinker Hirsch lässt sich nicht dazu bewegen, auch nur einmal *well* in den Mund zu nehmen, wie sehr Tarzan und ich ihn auch von der Großartigkeit dieses Wörtchens überzeugen wollen. Ich finde, Flinker Hirsch könnte manchmal ruhig ein bisschen lockerer sein.

Well, wir marschieren in den Dschungel, um den Diamantenräubern eine Lektion zu erteilen. Sie verbreiten jede Menge Übel. Auch in einer anderen Hinsicht ist es gut, vom Urwald verschluckt zu werden, denn gerade zieht meine Schwester die Schublade auf und fängt an, überflüssige Fragen wegen ihrer verschwundenen Slips zu stellen. Großmutter weiß nichts von verschwundenen Unterhosen. Großvater liest gerade *Svartfugl* und gibt keine klare Antwort, er ist ein wenig verärgert.

»Ich will in diesem Haus kein Englisch hören«, sagt er.

Opa, bleib locker! Wie dem auch sei – Schwesterherz öffnet die Kommode und es sind keine Unterhosen drin. Erst freut sie sich, weil sie glaubt, Großmutter habe sie aussortiert, um Platz für neue aus London, England, zu schaffen. Eine angenehme Überraschung. Großmutter aber weiß von nichts, sie hat nichts weggeworfen und überhaupt: »Was sagst du? *Köpte* du viel neue Unterwäsche?«

Da wird Schwester nervös, sie zeigt ihre neuen Unterhosen, die ganz anders aussehen als die vorigen. Sie sind viel kleiner, dünner und bunter, bis auf zwei schwarze. Ich wäre im Traum nicht darauf gekommen, dass es schwarze Unterhosen geben könnte. Oma wohl auch nicht. Ihre Augen werden schmal. Großmutter weiß nicht, wo die alten Schlüpfer geblieben sind, Großvater steckt mit der Nase in *Svartfugl*, also bleibe nur noch ich. Aber ich stecke im tiefsten Urwald, kämpfe gegen das Böse und schone mich nicht im Mindesten in diesem gnadenlosen Gefecht, Gewehrkugeln pfeifen mir um die Ohren, doch gerade als ich vorspringen und einem der Schurken mit einem schweren Ast eins überbraten will, schnappt mich jemand am Kragen und schleift mich ins Wohnzimmer. Großmutter und meine Schwester stehen da, Letztere mit einem Gesichtsausdruck, der verrät, dass sie mir so ziemlich alles zutraut. Das verletzt einen schon. Ich sage, ich hätte keine Zeit, über Unterwäsche zu reden, ein absolut belangloses Thema, müsse mich um Wichtigeres kümmern; aber weil sie nun mal so ein Aufhebens darum machen, gebe ich schließlich ohne Umschweife zu: »Ich habe sie verkauft. Die großen Jungen haben dafür bezahlt. Kann ich jetzt gehen?«

Anstatt dankbar und zufrieden zu sein, dass das Rätsel gelöst ist, und sich über meine Aufrichtigkeit zu freuen, rasten sie völlig aus, besonders meine Schwester, die mich am liebsten umbringen würde oder Schlimmeres. Sie kreischt und tritt mir mächtig vors Schienbein, heult dann los, obwohl ich doch derjenige bin, dem es weh tut. Ich reibe mir das Bein und frage: »Was soll denn die Aufregung? Es waren doch bloß Unterhosen«, aber es ist vollkommen aussichtslos, sie wieder auf den Teppich zu bringen, meine Schwester heult und kreischt, sie könne sich nie wieder vor die Tür wagen, nie wieder einem der Jungen ins Gesicht sehen, alle würden über sie lachen, wir müssten in eine andere Stadt umziehen. »Hörst du, Papi? Dabei bin ich doch gerade erst aus London zurückgekommen!«

Großvater aus seinem Buch: »Ja, ja, wir ziehen um, klar.«

Großmutter aber ist ziemlich wütend und zieht mir die Ohren lang.

Hausarrest.

Drei Tage darf ich keinen Fuß vor die Tür setzen.

»Und bitte deine Schwester um Entschuldigung!«

»Tschuldige«, murmele ich, aber sie haut mir auch noch kräftig eine runter. Da habe ich die Nase voll, lege Großmutter den Schlüssel zu meinem Zimmer in die Hand, marschiere hinein, Großmutter schließt ab und ich sehe zu, dass ich zurück in den Urwald komme. Ich mache so schnell ich kann, schwinge mich durch die Baumwipfel.

»Na endlich«, knurrt Tarzan und zeigt dorthin, wo Flinker Hirsch sich an einen der Diamantenräuber anschleicht. Es ist der Schlimmste von allen, zwei Meter groß und mit Armen wie Baumstämme.

Wissenswertes über Schlangen

Großvater und ich draußen in der Garage. Zusammen mit Tarzan und Flinker Hirsch habe ich die Diamantenräuber überwältigt, drei gegen neun, aber was soll's, nur habe ich anschließend eine Gewehrkugel in der Schulter gehabt. Tarzan hat die Schlange Hista geholt, die die Kugel aus der Schulter gesaugt und die Wunde mit ihrem Gift desinfiziert hat. Schlangengift kann das wirksamste Heilmittel der Welt sein, aber nur wenn man die Schlange versteht und sie weder fürchtet noch dafür verachtet, dass sie auf dem Bauch kriecht und sich bei Berührung eiskalt anfühlt. Dann verwandelt sich das Gift in sein Gegenteil, wird Tod zu Leben und Finsternis Licht. Aber wie gesagt, Großvater und ich halten uns draußen in der Garage auf.

Herr Gunnar Gunnarsson hat ein Buch mit dem Titel Svartfugl geschrieben. Darin kommen Schurken, Sarazenen und eine Frau mit einer Sense vor: summm!

Opa sagt zu Oma: »Lassen wir den Jungen seine Strafe bei den Malerrollen abarbeiten«, und so sitzen er und ich draußen in der Garage, ich bei den Pinseln und Rollen, er mit seinem *Svartfugl*. Lange sitzt er da und liest und liest, schweigend vertieft bis auf die wenigen Male, in denen er aufblickt und mich zur Arbeit anhält oder mich dafür ausschimpft, dass ich mich ungeschickt anstelle. Es ist ziemlich langweilig. Ich frage: »Opa, was macht denn dieser Eyjólfur gerade?«, und ehe Opa kapiert, wie ihm geschieht, steckt er schon mitten in der Nacherzählung. Allerdings fängt die Geschichte recht lahm an; mit keinem Wort erwähnt Großvater die wilde Bande, die durch die Westfjorde reitet und vor der alle Angst haben. Hufe dröhnen und schon taucht sie wie der leibhaftige Schrecken auf dem Kamm der Hochheide auf. Der Himmel verzieht sich hinter Wolken, Frauen fallen in Ohnmacht und die meisten haben die Hosen voll, außer Eyjólfur Kolbeinsson, den Opa immer Kaplan nennt. Ich habe keine Ahnung, was das bedeutet, jedenfalls ist er ein Geistlicher, aber auch ein Held, der sich fast allein auf den Kampf mit der dreißigköpfigen Bande einlässt. Viele Jahre später sah ich einmal einen Film mit Clint Eastwood, in dem er einen Priester, aber zugleich auch einen Revolverhelden spielt, und so vieles in seinem Verhalten erinnert mich an Eyjólfur und *Svartfugl*, dass ich sicher bin, Clint Eastwood hat das Buch gelesen und die Ideen abgekupfert. Großvaters Nacherzählung aber kommt nur schleppend in Gang, die meiste Zeit hält er sich bei diesem nebensächlichen Prozess auf, mit dem der Kaplan neben seiner Abrechnung mit den Banditen noch beschäftigt ist. Irgendwann kann ich es nicht mehr hören und frage Großvater nach der Bande. Sofort hört man Sporenklirren, die Bande taucht am Rand der Hochheide auf, Opa steht in der Mitte der Garage, jetzt wird es tierisch spannend, ein heftiger Kampf bricht aus und schließlich fliehen die Banditen ins Hochland. Der Priester sitzt mit dem Rücken gegen die Kirche gelehnt in den Butterblumen und spielt auf seiner Mundharmonika das Lied von einer, die nicht da ist, sondern mit ihren wunderschönen Augen anderswo weilt. Nun ja, Herr Gunnarsson lässt den Pfarrer ganz schön lange an diese Augen und die Schöne denken, die weit weg ist, und die Töne der Mundharmonika werden dunkel wie der Raum zwischen den Sternen und ich gebe zu, dass auch ich an schöne Augen denke und an eine, die nicht hier, sondern anderswo weilt. Dann reicht es mir und ich denke lieber an die Sarazenen. Vor einigen Tagen, ehe diese alberne Aufregung um die Unterhosen wie ein Wirbelsturm über die Welt fegte, saßen Großvater und ich nämlich über einem dicken Buch zur Geschichte Islands und darin ging es um diese Sarazenen. Sie kamen vor ganz langer Zeit nach Island, schlugen alle und alles kurz und klein, raubten viele Menschen und verschleppten sie nach Afrika, wo sie in die Sklaverei verkauft wurden. Nur die wenigsten von ihnen kehrten jemals zurück, nicht einmal die Kinder. Es war schrecklich, Großvater und mir tat vor allem die Hilflosigkeit der Isländer weh – sie liefen einfach völlig verängstigt davon anstatt sich zusammenzutun und diese teuflischen Sarazenen ins Meer zu werfen, wo sie herkamen. Großvater und ich hätten das sicher getan und mir fällt jetzt ein, dass auch Gunnar Gunnarsson diese Feigheit vor den Sarazenen sehr verletzt hat. Und da Herr Gunnarsson offenbar weiß, was in einem richtigen Buch vorkommen muss, nehme ich Großvater die Mundharmonika und die Augen weg und frage: »Gibt es keine Türken in der Geschichte?«

Großvater zuckt zusammen und ich bereue fast, ihn in seinem Mundharmonikaspiel unterbrochen zu haben, er könnte sich unter Umständen darüber ärgern und mich zurück zu den verdammten Anstreicherrollen schicken. Doch dann schüttelt Großvater nur den Kopf, ganz langsam, als hätte er Angst, der Kopf wäre locker und könnte abfallen.

»Das gibt es doch gar nicht«, sagt er schließlich und ist offenbar völlig verblüfft. »Wie kannst du eigentlich jedes Mal den weiteren Inhalt eines Buches erraten? Hast du geguckt?«, fragt er streng, denn er hat mir oft genug das Versprechen abgenommen, nicht heimlich in einem Buch zu lesen, von dem er mir gerade erzählt.

»Nein, Opa, bestimmt nicht.«

»Tja«, sagt er, »es ist einfach unglaublich, wie du dich hineinversetzen und die Handlung voraussehen kannst ...«

Eyjólfur Kolbeinsson erhebt sich aus den Butterblumen. Er hat Hunger und außerdem ist es kühl geworden im Nordwind. Er klopft das Dunkel aus der Mundharmonika. Eyjólfur will ins Haus gehen und sich etwas zu essen machen, da fällt sein Blick hinaus aufs Meer und er sieht mit geschwellten Segeln den Türken heransegeln. Es sind mindestens hundert Sarazenen, brüllend und tobend vor Wut, und ihre Krummsäbel blitzen. Ganz ruhig sagt Eyjólfur zu einem Jungen in seiner Nähe: »Läute die Glocken, Kleiner.« So cool ist Eyjólfur und ich bin immer mehr davon überzeugt, dass sich Clint Eastwood eine Menge bei ihm abgeguckt hat. Ich finde, das sollte man mal näher untersuchen.

Dann beginnt die Schlacht gegen hundert Sarazenen und sechs von ihnen sind mindestens zwei Meter groß. Wahrscheinlich wäre die Sache übel ausgegangen und Eyjólfur getötet worden, sein Blut wäre ins Gras geflossen und hätte die Butterblumen rot gefärbt, wenn nicht zwei der Feinde zu ihm übergelaufen wären. Sie sagten sich vom Bösen los und ließen es mit Steinen zugedeckt oben auf der Heide zurück. Ach ja, ein Jugendfreund Eyjólfurs tauchte auch noch überraschend auf. Er war zehn Jahre im Ausland gewesen, ein toller Kerl, hatte in der Armee gedient, gegen die Bösen gekämpft, war ein Held geworden. In seiner Begleitung ein Fremder, der ebenfalls in der Armee gewesen war. Der Ausländer war mit nach Island gekommen, weil er irgendwelche Augen vergessen wollte – überall diese Augen! Sie kommen ein bisschen zu häufig vor und es stellt sich die Frage, ob Herr Gunnarsson sie nicht ein wenig überstrapaziert hat. Das ist aber auch das Einzige, das ich an *Svartfugl* auszusetzen habe.

Okay.

Jetzt stehen sie also zu fünft gegen hundert.

Fünf Heroen.

Gut, dass sie beides sind, zu fünft und Heroen, die Türken sind nämlich keine Schoßhündchen.

Es ist wahnsinnig.

Unglaubliches Kampfgetöse.

Kinder in Lebensgefahr.

Einer der zwei Meter großen Sarazenen ist kurz davor, den Helden aus der Fremde zu töten, doch im letzten Moment kommt eine Frau mit erhobener Sense aus einem Haus gestürzt, ein sirrendes Geräusch von der Sense, summm, und der hässliche Sarazene fällt, rollt davon und bleibt zwischen den Wiesenhöckern liegen. Der Fremde erhebt sich. Er sieht die Frau lange an und von ihnen stammen viele bedeutende Nachkommen ab, doch der Kampf geht weiter.

Die Spannung ist so groß, dass ich kaum noch auf den Beinen stehen kann. Eyjólfur wird von zwei Kugeln getroffen, doch er stirbt nicht, dafür aber einer der zum Guten bekehrten ehemaligen Banditen, sehr traurig.

Und Großvater erzählt.

»Opa«, sage ich, »das ist ein irres Buch.«

Großvater rückt die Brille zurecht und sagt zufrieden: »Ja, es ist ganz nett.«

Ich tue alles, um meine undankbare Schwester zu versöhnen, die ja eigentlich nur meine Halbschwester ist

Großvater bittet mich, mich mit meiner Schwester auszusöhnen.

Aussöhnen, ich mag das Wort nicht. Habe ja nichts Falsches getan, meine Schwester soll bloß lernen, sich abzuregen. Da sagt Großvater, wer in einem Streit den ersten Schritt zur Versöhnung tue, beweise Großmut.

Großmut, ich mag das Wort.

Ich gehe zu meiner Schwester.

»*Well*, Schwester, wir sollten mal miteinander reden.«

»Fahr zur Hölle! Ich kratze dir die Augen aus.«

Ich verspreche, es nicht noch mal zu tun, selbst wenn sie mir für neue Unterhosen den doppelten Preis bieten würden.

Meine Schwester spricht nicht, sie zetert und kreischt bloß.

»He«, sage ich, »du bist ja mit den Nerven ganz schön runter«, und schaffe es gerade noch aus dem Raum zu kommen, ehe etwas Schweres gegen den Türrahmen knallt. Ich gehe zurück in mein Zimmer, besteige Berge in Amerika mit Tarzan und Flinker Hirsch. Wir angeln in klaren Flüssen, die Stille wächst auf den Bäumen, zum Himmel ist es näher als zur nächsten menschlichen Ansiedlung und Tarzan fängt mit bloßen Händen einen fetten Lachs. »Du bist schnell«, stellt Flinker Hirsch fest und nicht viele haben jemals ein Lob von ihm gehört. Da sehe ich Großvater zu uns heraufklettern.

»Jungs, da kommt Großvater«, sage ich.

»O je«, sagt Tarzan.

»O je«, sagt Flinker Hirsch.

Ich: »Gebirge sind nichts für Großväter, Leute. Ich muss gehen.«

Ich gehe zurück, helfe Großvater die Berghänge hinab. »Du brauchst keine Angst vor den Wölfen zu haben«, sage ich, und: »Vorsicht, tritt nicht auf die Schlange da!«

Als wir unten in meinem Zimmer angekommen sind, erklärt Großvater, er habe mit meiner Schwester geredet und sie habe sich bereit erklärt, mich anzuhören und mir vielleicht, aber auch nur ganz vielleicht, zu verzeihen.

»Liebe Schwester, es tut mir sehr leid.«

Sie sieht mich an. Wenn man zehn Jahre alt ist, liegt noch eine gewisse Unschuld in den Gesichtszügen, die man sich unter Umständen zunutze machen kann. Meine Schwester ist so weit weichgekocht, dass sie mir verzeihen will, das ist ihr anzusehen. Um sie aufzumuntern und ihr eine Freude zu machen, vertraue ich ihr an, und das ist nicht gelogen, dass die großen Jungen wie die Verrückten hinter ihren Unterhosen her waren. Ich demonstriere ihr, wie einige von ihnen sie ganz verzückt an die Nase gehalten hätten. »Ja, und es ist echt wahr, als die Schublade leer war, haben Björn und ich versucht, ihnen auch die Unterhosen seiner Mutter zu verkaufen, aber an denen waren sie nicht im Geringsten interessiert.« Das erzähle ich, damit sie sich nicht schämen muss und um ihr klar zu machen, dass der Handel mit den Unterhosen ihre Beliebtheit bei den großen Jungen nur noch gesteigert hat. Natürlich erwartet man im Gegenzug ein kleines bisschen Dankbarkeit, vielleicht auch eine Entschuldigung, und um die Tatsache zu unterstreichen, dass ich ihr in Wahrheit einen großen Gefallen getan und sie in Sachen Popularität weit über alle übrigen Mädchen hinausgehoben habe, berichte ich nun auch noch, dass sich fast alle über ihre Brüste geäußert hätten, mehr als einmal, und offenbar große Stücke auf sie hielten. Ich sage, die meisten dürften ihr Leben dafür geben wollen, sie einmal zu sehen.

Und was hat meine Schwester dazu zu sagen?

Recht wenig.

Ein zweites Mal entgehe ich gerade so einem Wurfgeschoss. Diese Reaktion verrät einiges über ihren bedauernswerten Gemütszustand. Sie hätte mir doch dankbar sein müssen, dass ich ihr die nicht zu erwartende Bewunderung der Jungen für ihre Brüste übermittelt habe; es hätte sie freuen müssen. Aber nein, Undank und nichts als Undank! Als Großvater von der Arbeit nach Hause kommt, erkläre ich ihm, dass meine Schwester einen ernsthaften Dachschaden hat, und spreche ihm mein Mitgefühl aus: »Ich fliege schließlich im Herbst nach Hause und bin sie los, du aber, Opa, musst sie das ganze Jahr über jeden Tag ertragen.«

»So ist es«, antwortet Großvater, »aber schade ist es schon, dass sie sich nicht mit dir versöhnt hat.«

»Wieso?«

»Na ja, sie hat dir eigentlich etwas mitgebracht aus London.«

»Ach!«

»Ja, aber wie die Sache jetzt steht zwischen euch, will sie es bestimmt lieber wegwerfen, als es dir zu geben, außer natürlich …«

Ich düse raus.

Auf schnellstem Weg zu Björn, dem fällt oft etwas Gutes ein. Wir begeben uns auf einen langen Spaziergang. Erik will mit, aber »nein, nein, du bist noch zu jung dazu«, sagen wir in der übereinstimmenden Absicht, noch nicht zu viele Sorgen auf seine jungen Schultern zu häufen.

Ich lege Björn mein Problem dar.

»Wow«, sagt er, »ein Geschenk aus London, England!«

Wir sind lange unterwegs und zerbrechen uns die Köpfe. Irgendwann sagt Björn: »Hör mal, ich muss jetzt nach Hause, aber morgen habe ich eine Lösung für dich.«

Ich muss also warten.

Warten ist eine Qual.

Einen ganzen Tag lang und dann kommt auch noch die Nacht.

Tarzan ist so gespannt, dass er nicht zwei Sekunden stillsitzen kann. Flinker Hirsch hält seine Unruhe nicht mehr aus und er verdünnisiert sich. Bitte, wenn er unbedingt will. Tarzan und ich reden noch mal über meine Schwester, er wundert sich sehr über ihre Reaktion. Wir drehen und wenden die Angelegenheit hin und her und als der Himmel die Dämmerung ansaugt, sage ich: »Bald wird es Nacht.«

Tarzan fragt: »Wie lange dauert sie?«

Als ich die Arme weit ausbreite, schüttelt er verzweifelt den Kopf und sagt: »Das Warten hat wohl nie ein Ende.«

»Wahrscheinlich nicht.«

Björn hat nachgedacht. Er hat den ganzen Quatsch seziert

Und doch bricht irgendwann der nächste Tag an.

Es tut sich was am Himmel, das Dunkel der Nacht schrumpft zu Resten in den Büschen und Baumkronen, der Himmel im Osten entflammt, die Sonne geht auf und löst alles Dunkel auf, bis auf das in den Herzen der Menschen.

Und Björn kommt mit der Lösung, und was für einer Lösung!

Ich verputze gerade ein gesundes Frühstück, Schwester schmollt noch in ihrem Zimmer und weigert sich, herauszukommen, glaubt wohl, ich hätte der Sonne ihre Unterhosen verhökert. Großmutter ist auf sie und auf mich böse, ich vermeide es, ihrem Blick zu begegnen. Sie setzt sich mir gegenüber, dreht sich eine Zigarette, schenkt sich Kaffee ein, zündet die Zigarette an. Ich rufe noch einmal ins Gedächtnis, dass wir uns in jenen Jahren bewegen, in denen Rauchen noch nicht ungesund war und man demzufolge auch ruhig in Gegenwart von Kindern rauchen konnte. Großmutter schaltet das Radio ein. Die Stimme sagt, es folge ein wunderbares Lied von Franz Schubert. Das Lied setzt ein, aber wunderbar ist es nicht gerade, bloß Klavier und ein singender Kerl, keine Gitarre. Großmutter schaltet das Radio aus, ganz kurz huscht ein merkwürdiger Ausdruck über ihr Gesicht, dann ist es wieder wie versteinert. Viel, viel später erst komme ich durch einen Zufall darauf, dass es in ihrem Leben einmal einen deutschen Leutnant gab, der in einem einsamen Heuschober voller Mondschein Schubert spielte. Das war während des Krieges. Nun soll sich niemand einbilden, Großmutter hätte mit einem Deutschen herumgeschäkert, schließlich hatten sie das Land besetzt, weshalb sie ihnen durchaus den einen oder anderen Schaden zufügte, aber es gab einmal diesen Moment, in dem der Mondschein fast den Heuschober sprengte, da war Schubert, da war Großmutter und da war dieser Deutsche. Wie auch immer, ich erzähle später einmal davon, in einem anderen Buch, denn jetzt presst sich Björns blasses Gesicht gegen die Scheibe am Küchenfenster, Oma erschreckt sich, stößt gegen die Kaffeetasse und die Nacht scheint herauszuschwappen.

»Hölle, Tod und Teufel«, stößt Großmutter hervor und das amüsiert mich königlich, denn wenn Erwachsene fluchen, klingt das richtig heftig, wie schwere Steine, die einen Abhang hinunter ins Meer poltern, während das Fluchen von uns Kindern höchstens kleine Kieselchen darstellt, die kaum eine Pfütze in Bewegung bringen können.

Björn hat nachgedacht. Er hat den ganzen Quatsch seziert und war mit seiner Lösung so zufrieden, dass er sein Frühstück stehen ließ, obwohl die Schale noch zur Hälfte voller Flocken war.

Jawohl, eine halbe Schale Frühstücksflocken, ein Gesicht am Fenster und was da am Himmel strahlt, nennt sich Sonne.

Es ist ganz früh am Morgen, und die Welt hat braune Augen

Björn und ich spazieren den Bordstein entlang und wir gehen lange und weit, denn es werden wichtige Dinge besprochen. Gut, einen solchen Freund zu haben, das Herz wird ein rot glühender Ofen bei diesem Gedanken. Flinker Hirsch kann Björn gut leiden und das heißt eine Menge. Ich habe die Unterhosen meiner Schwester und das Geschenk aus London, England, übrigens auch Helge gegenüber zur Sprache gebracht. Es war eine gute Woche her, seit wir das letzte Mal zusammen unterwegs gewesen waren. Danach hatte er gesagt, er müsse noch wichtige Dinge über die Welt in Erfahrung bringen. »Ich sage dir Bescheid, wenn ich so weit bin und wieder einmal etwas mit dir unternehmen möchte. Tschüss.« Doch dann bin ich es, der sich wieder meldet, mit den Fingernägeln gegen die Scheibe klopft, und Helge erscheint mit gerunzelten Brauen an der Tür, hat offenbar über wichtige Dinge nachgedacht, ich kann so einiges in seinen Augen erkennen: den vierten Jupitermond, zerlegte Atome, Moleküle und Quarks. Plötzlich überkommt mich der Gedanke, dass eigentlich Helge und Erik zusammenarbeiten sollten. Na klar, Erik würde alles auseinander nehmen, Atome, die Sonne, Autos, philosophische Systeme oder die Relativitätstheorie, und Helge könnte jedes Schräubchen und jede Feder unter die Lupe nehmen.

Darum sage ich: »Erik und du, ihr solltet zusammenarbeiten, er könnte alles Mögliche zerlegen und du …«, aber Helge winkt bloß ab: »Lass den Blödsinn, was behelligst du mich damit, ich muss noch so vieles erforschen, tschüss.«

Das sagt mir Helge in aller Frühe an einem Sommertag, es gibt noch keine PCs, Netze haben ausschließlich etwas mit Fischfang zu tun und das Tor von Brian Laudrup gegen Brasilien liegt noch in ferner Zukunft. In diesem Moment aber, in dem ich zu Anfang eines neuen Jahrtausends diese Zeilen zu Papier bringe, sind Helge und Erik ein in ganz Norwegen berühmtes Gespann und es ist nur noch eine Frage der Zeit, wann sie den Nobelpreis bekommen, und wahrscheinlich ist das alles mir zu verdanken. Aber egal, Helge hat den vierten Jupitermond im Auge und mich gerade mit einem kühlen »Tschüss« abgefertigt, da stelle ich einen Fuß in die Tür und mein Problem sprudelt nur so aus mir heraus: Unterwäsche und ein Geschenk aus London, England. Aber an so etwas hat Helge kein Interesse. »Keine Zeit für solchen Kinderkram. Und tschüss.« Die Tür schließt sich.

Björn und ich spazieren die Straße entlang, sehr lange, und ich schildere ihm die Sache mit Helge: »Der Helge kapiert überhaupt nichts, hat weder eine Ahnung von Unterwäsche noch von London, England.«

»Überrascht mich nicht«, kommentiert Björn. »Helge ist doch furchtbar beschränkt. Aber ich habe mir die Sache die ganze Nacht durch den Kopf gehen lassen und hier ist meine Lösung. So musst du es machen, dann hast du morgen dein Geschenk aus London.«

Björn hat ein kleines Handtuch dabei, darin eingewickelt ein scharfes Messer.

»Wo soll ich dich schneiden?«, fragt er. »Oder willst du es selbst tun?«

Eine tolle Idee, sie beweist Scharfsinn und psychologisches Gespür.

»Ich schneide, dass es blutet, du wankst bleich und geschwächt nach Hause, Schwester weint und vergibt alles. Frauen«, erklärt Björn, »und auch Mädchen verzeihen jedem, der blutend heimkommt.«

»Stimmt«, pflichte ich bei. »So sind die Weiber.«

Ich strecke meinen rechten Arm vor. Björn hebt das Messer und es tut ganz schön weh, als die scharfe Klinge in mein Fleisch am Oberarm schneidet. Sieben Jahre später ist die Narbe immer noch zu sehen. Wie heißt es doch in einem Gedicht: *Männer tragen Wunden davon.*

Ich setze mich erst mal hin.

Es blutet.

Da kommt ein Hund angelaufen.

Es ist kein echter Hund, sondern die Welt, die sich in einen Hund verwandelt hat und mich jetzt mit traurigen braunen Augen anblickt. Ich bin nämlich erst zehn Jahre und soll leben, nicht sterben. Nein, ich soll noch nicht sterben.

»Am besten gehe ich jetzt mal«, flüstere ich. »Alles war umsonst, wenn ich hier krepiere. Das Geschenk aus London und so.«

»Ja, das wäre schrecklich«, stimmt Björn zu. Dann ritzt er sich quer über die Handfläche und erläutert weiter: »Große Jungen aus einem anderen Viertel haben uns überfallen, du hast uns gerettet. Selbst tödlich verletzt, hast du sie in die Flucht geschlagen.«

»Ausgezeichnet«, sage ich und schleppe mich heimwärts. Es wird ein langer Weg, dauert mindestens zwei Stunden, wenn nicht neun. Sterbend schleppe ich mich voran, Blut tropft, ich wäre gestorben, wenn Tarzan und Flinker Hirsch mich nicht das letzte Stück getragen hätten. Ich wäre unter freiem Himmel gestorben, auf dem Rücken liegend, Namen flüsternd, der Himmel über mir bricht, der Horizont löst sich auf.

Dann stehe ich im Hausflur.

Tarzan und Flinker Hirsch ebenfalls, total erschöpft.

Da kommt meine Schwester.

Erst sieht sie mich an, als würde ich mich gerade auf den Fußboden übergeben. Dann entdeckt sie das Blut, sieht, wie blass ich bin. »Oh Gott«, sagt sie und fängt an zu weinen. Ich achte nicht auf ihre Tränen. Sie schreit: »Mama!« Großmutter kommt, alles ist in heller Aufregung. Fühlt sich komisch an, wenn das Blut aus einem strömt, ganz anders zum Beispiel als zu pinkeln. Da liege ich und Oma hat den Deal mit den Unterhosen komplett vergessen. Jedenfalls für die nächsten zwei Wochen. Bis Björn und ich dem geradezu überirdischen Druck nachgeben und zu einem unglaublich hohen Preis eine von den neuen Unterhosen meiner Schwester verkaufen werden. Das wird noch einmal viele Süßigkeiten im Versteck hinter dem Stein bedeuten, Himmel und Meer, die Sonne und das Zusammensein mit einem Freund. Jetzt aber liege ich erst einmal im Hausflur in meinem Blut, Großmutter und meine Schwester beugen sich über mich und alles ist so merkwürdig, sämtliche Geräusche verzerrt, die Farben werden grün, rot, blass und was da aus meinem Arm rinnt, ist das Leben.

Macht nichts, bald gibt es ein Geschenk aus London, England.

Fünf Kugeln im Bein. Das Geschenk aus London, England

Ich bin erst zehn, doch bald soll ich etwas erleben, von dem man bis ans Ende der Welt sprechen wird. Natürlich wird es eigenartig sein, aus der Masse herausgehoben zu werden, ein großer Name zu sein, ein Auserwählter, aber dagegen lässt sich wohl nichts machen. Es hängt mit diesem Geschenk aus London zusammen, England.

Zuvor aber müssen noch meine Wunden versorgt werden, muss ich erklären. »Na ja«, sage ich, »riesige Burschen waren das, Messer blitzten, nein, man zögert nicht in solch einer Situation, man handelt. Sie sind geflohen.«

Björns Mutter kommt, ziemlich aufgeregt, scheint mir. Sie will die Polizei anrufen, die Sache untersuchen, die Gewaltverbrecher festnehmen lassen. *Well*, denke ich, damit haben wir nicht gerechnet – Polente, gar nicht gut. Womöglich sehen sie sich in meinem Zimmer um, finden die Schlüssel zu ihrem Streifenwagen und sagen: »So, Freundchen, du kommst jetzt mit uns.«

Björn tritt auf. Er geht geradewegs zu Oma und verkündet so laut, dass man es den halben Weg bis Island hören kann, weil er ganz sicher gehen will, dass meine Schwester es mitbekommt:

»Er hat mich gerettet. Es waren so viele, aber er hat sich mitten unter sie gestürzt, ihr hättet ihn sehen sollen! Wahnsinn!«

Alle scheinen ihm zu glauben. Kaum zu glauben ist dagegen, wie leicht man Erwachsene anschmieren kann. Großmutter lehnt es ab, die Polizei zu rufen, wozu auch, die Übeltäter sind sowieso über alle Berge.

»Alles andere kann uns gleich sein«, sagt sie, und ich überlege, ob sie sich vielleicht so einiges denkt und lieber nichts Genaueres wissen will.

Es vergehen Tage.

Ich liege zu Bett. Die Wunden heilen.

Blut ist geflossen, ich habe dem Tod ins Auge gesehen.

Der Tod ist ein eher kleiner, dünner Zeitgenosse um die vierzig, fröhlich, aber auch ziemlich eitel.

Ich liege im Bett, meine Schwester tritt ein.

»Entschuldige, dass ich so gemein zu dir war.«

»Pah, ist schon in Ordnung.«

Schwester tränenüberströmt. Teufel, das läuft ja wie geschmiert, was Björn und ich uns da ausgedacht haben. Meine Schwester ist Wachs in meinen Händen. Sie heult.

Sie flennt noch immer.

Echte Helden können mit Tränen nicht richtig umgehen.

Endlich hört sie damit auf. Jetzt ist es wohl so weit.

Das Geschenk.

Aus:

London,

England.

Tarzan und Flinker Hirsch kommen aus dem Wald herbeigerannt, viele Tiere folgen ihnen, Vögel schwirren, Schlangen züngeln, Elefanten stampfen, Affen kreischen; dann wird es still. Nicht einmal die Wolken hört man ziehen: Schweigen im Walde und ich halte den Atem an. Im Meer wird es so totenstill, dass die Fische vor Schreck erstarren, der Hai ist von Angst gelähmt und sinkt langsam auf den sandigen Grund, die Wale wagen nicht zu blasen und in weiter Ferne hebt Gunnhildur erwartungsvoll den Kopf.

Meine Schwester hält ein Päckchen in der Hand.

Sie umarmt mich, ja, ja. Küsst mich. Schon gut.

Sie wickelt das Paket aus London, England, aus, ich bin ja noch verletzt und kann es nicht selbst. Aber das ist der Höhepunkt, besser kann es nicht werden. Das übertrifft jede Religion und selbst unbegrenzten Zugang zu Söbekks Kiosk, denn hier kommt das Geschenk aus London, England, und es ist eine Platte.

Eine Platte.

Eine Schallplatte.

Klasse.

Kleine Enttäuschung.

Kleine riesengroße Enttäuschung.

Habe echt was anderes erwartet; keine Ahnung was, habe mir nie ausgemalt, was es sein könnte, nur mit etwas richtig Großartigem habe ich gerechnet, schließlich kommt es aus London, England.

Also schön, eine Platte, eine Schallplatte. Immerhin aus London, nicht zu vergessen, besser geht's nicht. Nette Hülle, voll bunter Farben, darin ein rundes weißes Feld. Darin steht:

A
COLLECTION
OF
BEATLES
OLDIES

Meine Schwester dreht die Hülle um und fängt an zu schluchzen. Sie zeigt auf ein Foto und sagt: »Das sind sie, die Beatles. Da sind sie noch Freunde. Inzwischen sind sie erbitterte Feinde!«

Meine Schwester heult los wie ein Schlosshund.

Jesus, was muss man noch alles ertragen? Was für eine Hysterie! Lieber fünf Kugeln ins Bein, als sich so ein Geheule anzuhören. Lieber eine Kobra, Kommunisten, Krokodile, und ich nur mit einem Messer bewaffnet, als das! Meine Schwester stürzt aus dem Zimmer. Ich bleibe mit der Plattenhülle zurück, kämpfe gegen die sich breit machende Enttäuschung. Meine Schwester kommt zurück, immer noch schniefend, schleppt ihren Plattenspieler an, in dessen Abdeckung der Lautsprecher eingebaut ist. Sie macht Anstalten, die Platte aufzulegen. Ich bin gar nicht dafür, diese Beatles sind doch sicher so eine sülzende Mädchengruppe. Die Platte beginnt sich auf dem Plattenteller zu drehen, die Nadel senkt sich auf das Vinyl, die Beatles treten in mein Leben. Okay, die haben was drauf, ich geb's zu, sind besser, als ich zu hoffen gewagt habe. Ich höre besonders auf die Gitarre. Man darf nicht vergessen, dass ich angehender Gitarrist mit langer Matte bin. Sigfred singt, ich komme manchmal erst in der Nacht nach Hause, da wartet Tora mit den Zöpfen. Tut mir leid, Tora, dass ich so spät komme, aber ich musste noch eine Solo-Zugabe spielen, noch mal richtig losfetzen.

»Wer spielt da die Gitarre?«, frage ich, aber meine Schwester ist schon wieder am Flennen. Kobra, Kommunist und Krokodil! Dann fängt sie an zu reden wie ein Wasserfall. Opa sagt, Leute, die so reden, hätten Dünnschiss am falschen Ende. Ich weiß, was richtiger Dünnschiss ist, zu Hause in Island haben mir mal ein paar Jungen Abführschokolade gegeben. Durchschlagender Erfolg, ich kam gar nicht mehr bis nach Hause, mein Hintern explodierte und schon war die Unterhose gestrichen voll. Selbst danach war es noch spannend, auf dem Klo zu hocken und staunend zwischen den Schenkeln zuzusehen, wie es aus einem rausfloss. Aus diesem Grund ist Großvaters Vergleich für mich überaus anschaulich. Ich sehe meine Schwester an und sehe den Schwall, der aus ihr hervorquillt, geradezu vor mir, ein grauer Strom aus Atem und Wörtern: »Das sind die Beatles, sie sind das Größte, sie waren so gute Freunde, taten alles gemeinsam, wohnten sogar zusammen und jetzt sind sie total verfeindet, reden nicht einmal mehr miteinander.«

Meine Schwester heult wieder los, was das Zeug hält.

Lieber fünf Kugeln im Bein.

Das Telefon klingelt, eine Freundin: »Komm doch mal rüber!« Meine Schwester zieht ab. Gott sei Dank! Nimm bloß diese Heulsuse von mir!

Ich höre mir die Beatles an. Sie kommen aus Liwerpuhl, wohnen aber bestimmt in London, England, was anderes kommt gar nicht in Frage. Ich höre mir ihre Platte an und denke, es kann nicht schaden, die Beatles zu kennen, weder in Norwegen noch in Island.

Ich höre mir die Platte an.

Bald wird sich dadurch die Welt verändern.

Eine gerissene Saite in einem Herzen wird geheilt

Ich weiß noch, dass Sigfred bei jedem Wetter Rollkragenpullis anhatte. Er behauptete, die beste Popgruppe der Welt trüge solche Pullis, die Bay City Rollers. Arne dagegen sagte, die Bay City Rollers seien gequirlte Scheiße, und erst als meine Schwester mir *A Collection of Beatles Oldies* schenkt, wird mir klar, wie absolut richtig Arne mit seinem Urteil liegt. Ich höre mir die Platte noch einmal an, verlasse das Haus, gehe schnurstracks zu Sigfred und sage ihm auf den Kopf zu, dass Rollkragenpullitragen und Bay-City-Rollers-Hören das Letzte vom Letzten ist. »Wenn du schon was singen willst, dann sing was von den Beatles. Die haben's drauf.«

Sigfred sagt, ich solle das Maul halten, aber meine ausgesprochene Verachtung von Rollkragen und den Rollers macht die Runde wie ein Lauffeuer. Björn kommt und fragt, ob ich von allen guten Geistern verlassen sei, und in Toras Herz reißt eine Saite, was mir besonders nahe geht, weil sie doch meine zukünftige Frau ist und unsere Pantoffeln einmal einträchtig nebeneinander stehen sollen.

Ich möchte die gerissene Saite in Toras Herz gern wieder heil machen, deswegen besuche ich sie und sage: »Ai wonna hold ju tait«, da bekommt sie weiche Knie, weil ich Englisch rede und wer Englisch kann, ist kaum mehr von dieser Welt, sondern über alle und alles erhaben. Dann gehe ich zu Björn und sage: »Nein, ich bin kein bisschen übergeschnappt. Komm nur und hör dir die Beatles an! Laif is weri schort.«

Björn kommt, hört, sagt »Wow!«, die Beatles sprechen sich rum, Sigfred zieht den Rolli aus, eine gerissene Saite in einem Herzen heilt wieder zusammen.

Große Ereignisse, und dann halte ich ein halbes Leben in der Hand

Nur wenige Tage, nachdem mich Tarzan und Flinker Hirsch auf den Tod verwundet nach Hause gebracht haben, nachdem die Welt sich in einen großen traurigen Hund verwandelt, meine Schwester »Um Gottes willen!« gerufen und mir eine Platte geschenkt hat, die weltgeschichtliche Folgen nach sich ziehen sollte, bricht in dem kleinen norwegischen Vorort das Beatles-Fieber aus – zehn Jahre, nachdem es andere Teile der Welt erreichte. Jeder bis auf Helge hört Beatles. Helge sieht nichts außer dem Himmel und hört nichts vor lauter Atomexplosionen und dem Donnern der Kometen.

Sogar Arne spitzt die Ohren.

Arne sucht mich auf und fragt so dies und jenes, denn ganz plötzlich bin ich zum Spezialisten für diese Gruppe geworden, die mit meiner Schwester von London, England, herüberkam. Kein unbedeutendes Ereignis, Arne zu Besuch zu haben, man wird einige Zentimeter größer dadurch. Er stellt Fragen, ich antworte. Alle fragen mich aus und ich kann alles beantworten. Die Mädchen fragen nach Paul und manchmal nach Ringo, denn er hat hängende Mundwinkel, Arne erkundigt sich nach John, nur an George scheint niemand Interesse zu haben. Ich weiß auf alles eine Antwort, kenne die Jungs in- und auswendig. Ich erzähle etwa von Pauls verbiesterter alter Tante, die immer Blümchenkleider trägt und George nicht leiden kann. Oder ich erzähle, wie John einmal in der Schule eine Scheibe eingeworfen hat oder dass irgendein dicker Kerl ständig hinter Ringo her ist. Er ist stinksauer auf ihn, aber keiner weiß, warum, nicht einmal Ringo, der einfach nur das Weite sucht, so schnell ihn seine Füße tragen. Die Informationen tragen mir Tarzan und Flinker Hirsch zu; Letzterer hilft mir auch, mir alles richtig einzuprägen, denn es ist unbedingt notwendig, korrekt zu zitieren, damit kein Zweifler mein Spezialwissen auch nur im Geringsten anfechten kann. Wer jedoch schon einmal auf dem Gipfel der Berühmtheit stand, weiß, dass man das alles irgendwann auch einmal hinter sich lassen möchte. Wenn der Stress, dauernd im Rampenlicht zu stehen, und die drückende Allgegenwart der Öffentlichkeit Paul zu sehr auf die Nerven gehen, zieht er sich ins schottische Hochland zurück, setzt sich völlig allein an einen stillen See, an dessen Ufern sich nichts regt außer einem Vogel, der auffliegt und im Himmel verschwindet. Ringo geht auf die Kirmes und amüsiert sich auf dem Riesenrad und ich krieche durch die Hecke oder den Urwald, der das Haus des Frauchens von Äsop umgibt. Äsop begrüßt mich mit seinen großen Vorderpfoten und seiner breiten, weichen Zunge. Die Frau liegt auf einem großen alten Stuhl und lächelt mir zu. Dieses freundliche Lächeln ist völlig anders als alles, was ich sonst kenne oder beschreiben könnte. Vielleicht hätten die alten Griechen ein totes Wort dafür.

Da sitzen wir zusammen, das heißt, Äsop liegt auf seinen Vorderläufen, ich erhole mich von meiner Berühmtheit, den ewigen Fragen, den Unterstellungen und dem Hass der großen Jungen. Ich schlürfe Orangenlimonade, schlecke Eis, futtere Schokolade. Die Frau gibt mir sogar Comics zu lesen und das Leben ist herrlich. Auch sie selbst liest, quasi ohne Unterlass, sie liest viel mehr als Großvater und ich weiß nicht, was Stiefmutter von einem derartigen Übermaß an Lektüre halten würde, ganz zu schweigen von der Tatsache, dass die Frau nichts sonst tut als sich im Garten aufzuhalten, zu lesen oder Löcher in den Himmel zu starren, der zuzeiten ihren Mann verschluckt hat. Manchmal schreibt sie auch etwas, füllt Seite um Seite, keine Ahnung womit, wahrscheinlich hält sie fest, wie die Zeit vergeht. Nein, Stiefmutter wäre mit einem solchen Leben bestimmt nicht einverstanden, ihr Vater schon gar nicht; wenn der eines seiner Kinder so oft lesen oder in den Himmel gucken sähe, würde er sein Auge ausreißen und es wütend auf die Erde schmeißen. Manchmal springt die Frau auch plötzlich auf und fängt eine Rangelei mit mir und Äsop an. Einfach so. Oder sie macht einen Handstand oder rennt durch den Garten. Beim Abendessen zu Hause stößt mir Limonadengeschmack auf und Großmutter wundert sich, dass ich keinen Hunger habe.

Diese Frau ist nicht wie andere. Sie scheint aus einer anderen Welt zu kommen, schlägt ein wie der Blitz aus heiterem Himmel. Sie steht außerhalb von allem, ich bin nicht einmal sicher, ob es sie wirklich gibt. Manchmal denke ich an sie wie an einen Traum, manchmal wie an eine Erscheinung.

Aber gut, ich süffle Orangenlimonade.
Lese Comics.
Muss manchmal aufstoßen.
Die Sonne knallt vom Himmel.
Ich schlafe ein.
Träume steigen aus der Tiefe auf.
Unruhe, dann

Ruhe. Dann
ein Rad, das eine Böschung hinabrollt, dann
kommt eine Hundezunge aus dem Himmel und schleckt mir über das Gesicht.

Äsop blickt mich an.

Er bellt kurz. Dann setzt er sich in Bewegung, läuft durch das offen stehende Tor aus dem Garten, ich folge ihm, den Schlaf noch in den Gliedern, undeutliche Träume im Kopf, folge ihm, er folgt der Frau, sie hat vergessen sich den roten Morgenrock zuzubinden, er weht wie züngelnde Flammen um ihre Seiten, die Welt ist auf ihre Nacktheit nicht vorbereitet, Äsop läuft hinter ihr her, riesengroß, ich folge ihnen auf dem Fuße, weiß nicht, ob ich überhaupt wach bin, mein Kopf schwirrt noch von Träumen, wir gehen um die Kurve und biegen in die Straße ein, wir gehen um die Kurve und biegen in die Straße ein, wir gehen um die Kurve und biegen in die Straße ein, gehen um die Kurve und biegen in die Straße ein gehen um die Kurve und biegen in die Straße ein gehen um die Kurve und biegen in die Straße ein, alles läuft immer langsamer ab und wird leiser und leiser im Brausen des Weltraums.

Da stehen drei Jugendliche und sperren die Münder auf.

Da lässt eine Frau eine Einkaufstasche fallen und drei Äpfel rollen langsam über den Bürgersteig auf die Straße.

Da hört ein Taxifahrer auf, sich aus der Wagentür zu zwängen.

Da lässt Per seine Anstreicherrolle sinken. Er hat sein Haus zur Hälfte neu gestrichen und will sich am Abend mit einer Flasche kalt gestellten Weißweins aus Deutschland belohnen.

Die Welt hält den Atem an.

Fliegen verharren in der Luft, ein Flugzeug gefriert mitten im Steigflug, der Umlauf der Planeten stoppt. Alles verstummt und das Brummen des Weltraums erstirbt. Nichts bewegt sich, bis auf die Frau in ihrem flatternden, flammend roten Morgenrock, den großen Hund, einen zehnjährigen Jungen und drei Äpfel.

Die Frau geht auf ein Haus zu, öffnet die Eingangstür, verschwindet im Haus, kommt durch die Terrassentür in den Garten. Dort steht der klapperdürre Olav völlig verdattert an einem einzelnen Baum. Er trägt nur Unterhosen, beigefarbene, es ist heiß. Die Frau überreicht Olav ein dicht beschriebenes Blatt Papier und schiebt ihre rechte Hand anschließend in seine Unterhose.

»Nicht«, sagt Olav bestürzt und wie betäubt.

»Doch«, sagt die Frau.

»Nein«, sagt er.

»Doch«, sagt sie.

»Nein!«, ruft er laut und gellend und dann ereignet sich eine Explosion. Erst in seinem Kopf, Sekundenbruchteile später in seiner Unterhose.

»Doch«, flüstert sie und geht davon aus, dass genau ein solches Flüstern auch das Weltall zum Explodieren bringt.

Helge springt von seinem Stuhl und läuft ins Haus.

Der Taxifahrer ruft um Hilfe.

Eine Frau bückt sich nach drei kullernden Äpfeln.

Per stürzt von der Leiter und rührt sich nicht mehr.

Wenig später stößt Vera einen gellenden Schrei aus und Oma springt mit einer Geschwindigkeit von ihrem Gartenstuhl auf, die ich ihr gar nicht zugetraut hätte. Sie läuft schneller, als sie es eigentlich vermag, zu den Nachbarn hinüber, während ihre Zigarette ungeraucht im Aschenbecher verglimmt. Das Garagentor fliegt auf und Großvater erscheint. Dann auch ein Krankenwagen. Er hat ein rotes Licht auf dem Dach. Bald fährt er wieder ab, mit Per und Vera an Bord, die beiden Brüder bleiben vor dem Haus zurück. Ich stehe bei ihnen und weiß nicht, was ich sagen soll. Schließlich frage ich:

»Ist er einfach so abgestürzt und dabei zu Tode gekommen?«

»Ich weiß es nicht«, sagt Björn.

»Ist Papi tot?«, fragt Erik.

Björn: »Ich weiß es nicht.«

Erik: »Glaubst du, deine Großmutter macht ihm ebenso ein Ende wie dem Igel?«

Ich: »Glaube nicht.«

Nein, Per stirbt nicht. Er kommt aus dem Krankenhaus zurück, kann aber den linken Arm nicht bewegen und kaum mit dem rechten Fuß auftreten. Er kommt wieder in einem Rollstuhl, mit dem auch die Brüder und ich herumrollen. Wir fahren damit durch das Viertel. Manchmal dürfen auch andere Kinder darin Platz nehmen. Fahrpreis: ein ordentliches Stück Schokolade. Einmal berühre ich Pers kraftlosen Arm. Er sagt mir, ich solle ihn einmal anheben. Ich hebe ihn hoch, es fühlt sich seltsam an, als würde man ein Stück Blei hochnehmen.

»Vorsichtig«, sagt Per. »Du hältst ein halbes Leben in der Hand.«

Was auf dem Blatt stand, das die Frau Olav überreichte (ein altes buddhistisches Mantra)

Jedem Menschen ist der Schlüssel zum Tor des Himmelreichs gegeben. Der selbe Schlüssel öffnet die Tore der Hölle. Jedem Menschen ist der Schlüssel zum Tor des Himmelreichs gegeben. Der selbe Schlüssel öffnet die Tore der Hölle. Jedem Menschen ist der Schlüssel zum Tor des Himmelreichs gegeben. Der selbe Schlüssel öffnet die Tore der Hölle. Jedem Menschen ist der Schlüssel zum Tor des Himmelreichs gegeben. Der selbe Schlüssel öffnet die Tore der Hölle. Jedem Menschen ist der Schlüssel zum Tor des Himmelreichs gegeben. Der selbe Schlüssel öffnet die Tore der Hölle. Jedem Menschen ist der Schlüssel zum Tor des Himmelreichs gegeben. Der selbe Schlüssel öffnet die Tore der Hölle. Jedem Menschen ist der Schlüssel zum Tor des Himmelreichs gegeben. Der selbe Schlüssel öffnet die Tore der Hölle. Jedem Menschen ist der Schlüssel zum Tor des Himmelreichs gegeben. Der selbe Schlüssel öffnet die Tore der Hölle. Jedem Menschen ist der Schlüssel zum Tor des Himmelreichs gegeben. Der selbe Schlüssel öffnet die Tore der Hölle. Jedem Menschen ist der Schlüssel zum Tor des Himmelreichs gegeben. Der selbe Schlüssel öffnet die Tore der Hölle. Jedem Menschen ist der Schlüssel zum Tor des Himmelreichs gegeben. Der selbe Schlüssel öffnet die Tore der Hölle. Jedem Menschen ist der Schlüssel zum Tor des Himmelreichs gegeben. Der selbe Schlüssel öffnet die Tore der Hölle. Jedem Menschen ist der Schlüssel zum Tor des Himmelreichs gegeben. Der selbe Schlüssel öffnet die Tore der Hölle. Jedem Menschen ist der Schlüssel zum Tor des Himmelreichs gegeben. Der selbe Schlüssel öffnet die Tore der Hölle.

Teil VI

Wo ich ging, ist nur noch Licht, Luft,
die die Sonne ausfüllt

Die Wahrheit ist eine Zigarette

Eines Tages kreuzt Helge bei mir auf. Er hat diverse Dinge über die Welt und den Himmel herausgefunden, jetzt möchte er, dass wir zu den Felsen spazieren, und das tun wir. Helge hält einen Vortrag über Atome, sehr interessant, bis aus mir herausplatzt: »Es ist schrecklich, die Beatles haben sich aufgelöst, sie sind völlig zerstritten, furchtbar!«

Helge schüttelt den Kopf, er hat keine Ahnung, wer die Beatles sind, er hört ganz andere Musik, solche zum Beispiel, wie sie durch die Eigenrotation des Uranus entsteht oder das Pfeifen von Meteoren, das feine Summen im Weltbild Einsteins. Helge weiß eine Menge über die Geschichte und von der Bewegung der Atome, aber er begreift nicht, was in einem Herzen vorgeht. Darum gehen wir an jenem Tag nicht gemeinsam weiter, sondern trennen uns, jeder geht in seine Richtung, er mit seinem Wissen, ich mit meinem Kummer im Herzen.

Um den Schmerz erträglich zu machen, lege ich die Platte auf. Ich betrachte die Hülle, das Foto auf der Rückseite. Da sind sie, die Beatles, alle vier. Sie stehen im Wohnzimmer von Pauls Tante. Paul trägt seine Unschuldsmiene zur Schau und die Anderen müssen das Lachen unterdrücken, als seine Tante ins Zimmer kommt und ihnen vorschwärmt, was für ein lieber Junge ihr Paul sei. George trägt eine winzige und ziemlich affige Sonnenbrille. Ich finde, er sollte sie absetzen. Ich weiß, dass die

Tante George auf dem Kieker hat, weil sie überzeugt ist, dass er einen schlechten Einfluss auf Paul ausübt. Ringo bückt sich gerade nach etwas und ich habe den Verdacht, es ist eine Zigarette. Gar nicht gut, was würde seine Mutter dazu sagen? Nun ja, die Tante marschiert ab in die Küche, backt Pfannkuchen, kocht heiße Schokolade, schlägt Sahne und während sie sich abrackert und der Stapel Pfannkuchen wächst und wächst, zündet sich Ringo heimlich seine Kippe an, aber er ist natürlich so nervös, dass er sie fallen lässt. Paul tut so, als hätte er nichts gesehen, John guckt weg und George versteckt sich hinter seiner Sonnenbrille. Genau in dem Moment hat jemand abgedrückt. Die Tante kommt ins Zimmer geschossen, drückt einmal schnell auf den Auslöser, lächelt und ist schon wieder in der Küche verschwunden, um die Pfannkuchen zu wenden. Genau, und dann sorgt die Tante dafür, dass das Bild auf die Rückseite der Plattenhülle kommt, denn bestimmt denkt sie sich dabei: Jetzt können alle sehen, was für ein guter Junge mein Paul ist. Dieser George sollte sich dagegen schämen, er ist ein Wilder und hat einen schlechten Einfluss. Nur wonach bückt sich dieser Ringo gerade?, fragt sie sich, ebenso wie ich es mich unter einem sengend heißen norwegischen Himmel frage und ebenso wie Ringos Mutter fragte, als sie das Bild sah: »Wonach bückst du dich denn da?«

Einen ganzen Tag laufe ich herum und zerbreche mir unter glühenden Bäumen den Kopf darüber, was Ringo wohl geantwortet haben könnte. Ich muss mir Lügen ausdenken, das ist traurig, aber seine Mutter würde sich bestimmt total aufregen, wenn sie das mit der Zigarette herausbekäme. Sie würde ihm verbieten, weiter in der

Band mitzuspielen, und alle würden George die Schuld geben. Wonach bückst du dich, Ringo? Nach einem Bonbon? Nach Spielzeugsoldaten? Nein, nichts davon klingt glaubwürdig, die Lüge würde sofort ans Licht kommen, oder vielmehr die Wahrheit: die Zigarette.

Ich laufe und laufe und mache mir Sorgen.

Ich gehe zum Bunker und frage den toten Deutschen. Ich frage Tarzan und Flinker Hirsch, aber sie sind vollkommen ratlos. Wir machen uns alle große Sorgen, bis auf den Deutschen, der die Beatles nicht kennt. Er fragt, ob sie auch nur entfernt so gut seien wie Marlene Dietrich, die sei knorke. Im Krieg hätten sie sie allerdings nicht hören dürfen, sie hätte ihr Volk verraten, aber schön war sie doch und wahnsinnig blond. Tarzan meint, die Beatles seien viel besser, wir sollten ihm von den Beatles erzählen und das tun wir, Tarzan und ich. Flinker Hirsch schließt die Augen und summt *Eleanor Rigby*. Der Deutsche legt die Hand über seine Wunde, damit das Pfeifen des Windes darin nicht die Melodie und unseren Bericht übertönt.

… und Sie sehen, wie ich allmählich mit dem Tageslicht verschmelze

Es geht nicht ohne Schmerz ab, wenn man erst zehn Jahre alt ist und schon eine Aufgabe zu erfüllen hat, und zwar keine geringe. Wer zehn ist, hat schmale Schultern, er sollte eigentlich noch nicht die Last kennen lernen müssen, die das Schicksal mir in jenem norwegischen Sommer auferlegte, als das zwanzigste Jahrhundert noch fast drei

Jahrzehnte vor sich hatte und alle dem Staatlichen Schulbuchverlag glaubten. Was mich aber alles heil überstehen ließ, was meine bleistiftdünnen Beine so stärkte, dass sie unter dem Gewicht nicht einknickten, waren zweifellos meine vielfältigen Erfahrungen:

- alte Zeiten und der Vater meiner Stiefmutter schwimmen da herum wie riesige Eisberge, denen die Hitze der Gegenwart nur wenig anhaben kann
- unzählige Streifzüge durch die Wälder und Gebirge Nordamerikas mit Tarzan und Flinker Hirsch oder Expeditionen zu anderen Orten, die vor mir nur die Sonne und die Sterne mit eigenen Augen gesehen haben
- eine Spinne unter meinem Bett
- Bischof Jón Arason
- und vieles mehr.

All das machte mich stark genug, die Verantwortung zu schultern, jawohl.

Einen Tag nachdem wir den erstochenen Deutschen mit den Beatles bekannt gemacht haben, geschieht Folgendes:

Wir befinden uns in meinem Zimmer.

Wir sitzen auf dem Bett und sprechen die Sache mit Ringo und der Zigarette noch einmal durch, die schreckliche Tatsache aber, dass die vier nicht mehr zusammen sind, wird mit keinem Wort erwähnt. Da kommt mir die Idee. Sie platzt über meinem Kopf, ein greller Blitz und nichts wird mehr so sein, wie es war. Ich gehe zu den Brüdern hinüber und verkünde: »Jungs, ich muss los, ich werde die Beatles wieder vereinen!«

Erik nickt, selbstverständlich muss man wieder zusammenbauen, was auseinander genommen wurde. Björn will mich begleiten. Aber nein, es gibt Dinge, die muss ein Mann allein tun. Das Gleiche sage ich auch zu Tarzan und Flinker Hirsch, die es nur schwer akzeptieren können, obwohl sie mich nur zu gut verstehen. Alle vier begleiten mich auf dem Weg aus dem Viertel, Björn, Erik, Tarzan und Flinker Hirsch. Sie sehen mir nach. Sie sehen, wie ich allmählich mit dem Tageslicht verschmelze, wie sich meine Umrisse auflösen und ich schließlich verschwinde. Wo ich gegangen bin, ist nur noch Licht, Luft, die die Sonne ausfüllt.

Ich wandere durch die Stadt zur Küste, wate ins Meer, tauche durch Schwärme von Fischen, verheddere mich in Netzen, schneide mich an Wrackteilen gesunkener Schiffe, erschrecke vor ertrunkenen Seeleuten, die mich ergreifen wollen, sehe einen Wal, Bierflaschen, einen einäugigen Kabeljau, aber keine Meerjungfrau, keine Seekühe.

Nachwort
Zwei Angelruten

Großvater und ich im Schuppen. Nicht dem im Vorort Stavangers, der voller Anstreicherrollen ist und wo der Tod die Leiter aufstellt, nein, jetzt sind Großvater und ich beide erwachsene Männer und stehen außerhalb dieser Geschichte.

Wir sitzen frühmorgens in einem Schuppen auf einer Hochebene. Ich denke noch darüber nach, ob ich das Ding Schuppen oder Hütte nennen soll, draußen funkelt ein heller Sternenhimmel, ein silberner Bach, zwei Angelruten lehnen an der Wand. Da sitzen wir. Großvater mit der Pfeife, ich mit einem Becher Kaffee, es gibt belegte Brote mit Leberwurst und vielleicht Trockenfisch und wir unterhalten uns in aller Ruhe; sagen das eine oder andere und wenn wir einmal nichts sagen und bloß nachdenken, nimmt Großvater nach einer Weile die Pfeife aus dem Mund und brummt: »Ja, ja«, und darin liegt alles, was man sich nur denken kann: Die Stille, die Welt, dieser Morgen und wir beide. Ja, nur wir zwei und niemand, der uns zu irgendetwas antreiben will, keine andere Verpflichtung, als zu leben. Großvater hat eine Luke im Dach ausgesägt, damit die Sterne hereinkommen können. Großvater nimmt die Pfeife aus dem Mund und zeigt mit dem Mundstück nach oben: »Der Große Wagen«, sagt er. Und dann kommt irgendwann der Tod. Die Tür geht auf, ein eiskalter Lufthauch dringt herein und eine Stimme ruft Großvaters Namen. Da nimmt er die Pfeife aus dem Mund und sagt: »Du solltest doch gesehen haben, dass hier zwei Angelruten an der Wand stehen.«

Da zieht sich der Tod zurück und kommt nicht wieder. Großvater und ich gehen nach draußen und angeln Sterne und Fische.